杉下右京の多忙な休日

碇　卯人

朝日文庫

本書は二〇一五年十月、小社より刊行されたものです。

目次

杉下右京の多忙な休日

第1話　哀しきグリズリー

1

氷河によって浸食され入りくんだ湾に、緑で覆われた複雑な形の島がいくつも浮かんでいる。はるか遠くには万年雪をいただくロッキー山脈の峰々を望むことができる。手つかずの大自然の絶景が機窓いっぱいに広がっていた。あと十分ほどでジュノー国際空港に到着する、と英語でアナウンスされたばかりだった。

杉下右京《すぎしたうきょう》は休暇をとって、アメリカ合衆国はアラスカ州のジュノーへ向かっていた。友人のパトリシア・シリングに一度遊びに来るよう以前から誘われていたのだ。甲斐亨《かいとおる》が特命係を去ったあと、無期限の停職処分となっていた右京は、気分転換に北米の夏を楽しむのも一興かもしれない、と誘いに乗ったのである。

杉下右京は知る人ぞ知る警視庁一の変わり者であるが、パトリシア・シリングもそれにひけをとらない変わり者だった。

パトリシアの生家はジュノーで最大の弁護士事務所だった。両親ともに弁護士だった影響を受け、ひとり娘のパトリシアは学校の先生や友人から将来の夢を訊かれた際には法律家と即答するませた女の子であった。

決して口だけではなかった。パトリシアは幼少時から才媛《さいえん》ぶりを発揮し、アラスカ州立大学フェアバンクス校の法学部に首席で入学した。その後もトップの成績を維持し続けたパトリシアだったが、あるきっかけで平和憲法に関心を抱き、東京大学法学部に留学する。右京とはこのときに知り合った。ふたりは波長が合ったらしく、互いに才能を認める友人として親交を深めたのである。

ところが、日本での二年間の留学生活がパトリシアの価値観を変えた。彼女は地元アラスカとはあまりに異なる日本の自然に魅せられ、休みのたびにリュックと寝袋を担いで単身山野を歩きまわるようになる。そして、自然環境とそこに暮らす動物に深い興味を示すようになったのである。

ジュノーの実家も周囲は大自然に囲まれており、そういう場所で生まれ育ったパトリシアには、意識しないまでも自然環境や野生生物への畏敬の念が備わっていたのだろう。故郷を離れることでみずからの潜在的な欲求に気づいたパトリシアは、母校に戻ると両親の猛反対を押し切って、生物学科へと転籍する。その後、三年をかけて北極圏の野生生物についてみっちり学び、卒業後は動物写真家として生計を立てる道を選んだのである。

以来パトリシアは、極北の厳しい環境の下で暮らす動物や先住民族の多彩な表情をカメラのフレームに収めてきた。研ぎ澄まされた感性に支えられた彼女の作品は高い評価を受け、パトリシア・シリングはいまや世界を代表する動物写真家のひとりだった。権威ある写真の賞もいくつも受賞していた。

ふだんから、人間の男なんてグリズリーやトドのオスに比べたら物足りない、と公言しており、パトリシアはいまも独身だった。

旅客機が最終着陸態勢に入った。日本からジュノーへの直行便はない。右京は成田からいったんシアトル・タコマ国際空港に入り、そこで国内線に乗り換えてここまでやってきたのだった。まもなく無事にジュノー国際空港へ到着した。国際空港といっても日本の地方空港と大差ない規模のこぢんまりとした空港である。入国手続きはすでにシアトルですませていた右京は、スムーズに到着ロビーへと進みでた。

国際的な著名人となった旧友はジュノー国際空港の到着ラウンジで待っていた。右京の姿を見つけるなり満面の笑顔で駆けよってくると、英語で呼びかけてくる。

「遠路はるばるようこそ、ウキョウ。久しぶりね。会うのは十年ぶりくらい？」

差しだされた手を握り返しながら、右京はパトリシア・シリングの顔を改めて見つめた。すっかり日焼けしているのは、野外での撮影が多いせいだろう。昔は後ろで束ねていた黒髪をいまはショートにしているせいで、より活動的に見える。ただ、こめかみの辺りの毛髪の生え際には白いものが目立つようになっており、旧友の年齢を感じさせた。

「前回、日本でパトリシア・シリングの個展が開かれたのは十一年前だったと記憶しています。日本は第二の故郷。そう公言しているわりに、あなたはめったに日本に帰ってこないじゃありませんか」

右京も流暢な英語で返す。

「こちらで暮らしていると、東京のようなごみごみした場所の空気に触れただけで、息がつまりそうになるのよ。もちろん四季の移ろいが鮮やかな日本の自然は大好き。でも、人口密度が高すぎるのよね。それはそうと、よく休みが取れたわね。いまも警察官をやっているんでしょう？　えっと、ケイシチョウだっけ？」

「ちょっと訳があって長期の休暇なのですよ。一度こちらを訪れてみたいと思っていたので、ちょうどよい機会でした」

「ジュノーを楽しむなら七月が一番。気候も安定しているし、動物の観察もしやすい時期だしね。観光客も増える時期だわ。今日は疲れているだろうから、うちでのんびりしてもらって、明日と明後日はグレイシャー・ベイを案内してあげるわね」

パトリシアが目で合図をし、空港の壁面に注意を促した。氷河に囲まれた海面から豪快にジャンプするクジラの大きなポスターが貼ってあり、“Glacier Bay National Park and Preserve”という文字がうかがえた。グレイシャー・ベイ国立公園はここジュノーの近くに位置する有名な観光スポットだった。ユネスコの世界自然遺産にも登録されている。

「あの写真もパティ、あなたが撮影したのですか？」

「そうよ。ザトウクジラのブリーチングという行動。いまの時期には観察しやすいわ。間近で見ると迫力満点よ」

「それは楽しみですが、ぼくはともかく、あなたのほうは仕事で忙しいのではないですか？」

「動物が活動的なのはたしかだけど、さっきも言ったように、いまは観光客が多い時期で仕事にならないの。思いっきり羽を伸ばしましょう」

右京が別のポスターに視線を転じた。いろいろな動物が彫られた柱が数本立ち並ぶ写真が使われている。

「あちらはネイティヴ・アメリカンの集落でしょうか？」

「そう、この周辺に昔から住んでいるネイティヴ・アメリカンなの」

「トーテムポールは北米の先住民族の中でも、太平洋岸北西部の民族の間で発達したと記憶しています」

さりげなく博覧強記ぶりを発揮する右京。

「相変わらず、いろんなことを知っているわね。この民族も同じ。トーテムポールは彼らの誇りなの。お祭りのとき、家を建てたとき、そして葬儀のとき、彼らはことあるごとにトーテムポールを彫ってきたのよ」

「非常に興味深いですね。一度見てみたいものです」

「そうね。行ってみましょう。親しくさせてもらっている家族があるから、きっと歓迎してくれるわ。ところで、シアトルには寄ってきたの？」

パトリシアの質問に、右京は簡潔に「いいえ」と答えた。

「だったら長旅でさぞかし疲れているでしょう。話の続きは車の中で」

パトリシアが右京のスーツケースを持ち、返事も待たずにすたすたと歩きだした。そういえばパトリシアは昔からせっかちな性格だった。右京は苦笑しながら慌ててあとを追った。

年季の入ったパトリシアの四輪駆動車には撮影機材が山のように積まれていた。おかげで助手席に腰を落ち着けるには、いくつものレンズや三脚を後部座席にどかさなければならなかった。

二の腕の長さよりも長い超望遠レンズは受注生産品で、価格は一本一千万円もするという。それを無造作に投げ出してあるところもパトリシアらしい。しかも駐車中、車のドアはロックをしていなかったのだ。ロックしたところで、車泥棒が本気で盗もうと思えばなすすべがないから、というのがその理由だった。おおらかというかおおざっぱというか、女性にしてはかなり大胆な性格だといえよう。

パトリシアの運転でジュノーの市街地へと移動する。雲ひとつない晴天だった。暑すぎず寒すぎず、車窓から入ってくる風が心地よい。

アラスカ州の州都にもかかわらず、ジュノー市の人口は三万人ほど。人口だけならば、アンカレッジやフェアバンクスのほうがはるかに多い。ビルや住宅のすぐ背後まで険しい山肌が迫っているのが目を引く。平地が少ないため、人が住める場所も限られるようだ。そのくせ市の面積は全米でも一、二を争うほど広いという。裏返せば、人口密度がとても低い計算になる。

「たしかにこういうところで生活していれば、人口が過密な日本は息苦しく感じられるかもしれませんねえ」

さきほどのパトリシアの発言を引いて、右京が同意を示す。

「でしょ？」

パトリシアはジュノーの出身だけあって、街の歴史にも詳しかった。

十九世紀末に近郊で金の鉱脈が見つかって白人が住みつくようになる前は、この一帯はネイティヴ・アメリカンの人々が静かに暮らす土地だったらしい。ところがゴールドラッシュで多くの白人が入ってきて、この地は一変した。

ジュノーという地名は最初に金の採掘にきたジョー・ジュノーという人物に由来しているという。白人の入植と同時に感染症も持ちこまれた。抵抗力のなかったネイティヴ・アメリカンは次々に感染症にかかり、多くの者が命を落とした。いつしか彼らは住みかを追われていた。現在ネイティヴ・アメリカンは人口の約一割くらいだ、とパトリシアは神妙な面持ちで語った。

車中からはじめて訪ねるジュノーの街並みをうかがっていた右京は、街のところどころに指名手配書のようなものが貼ってあるのに気がついた。

「あの貼り紙はなんでしょう。人ではなく、動物が描かれているように見えます。クマでしょうか？」

パトリシアが答える。

「近くの山に人食い熊が出没しているの」

「人食い熊ですか。それは穏やかではないですねえ」

「グリズリー（ハイイログマ）ってわかる？　日本の北海道にもいるヒグマの北米産亜種のことね。ひと月くらい前から立て続けに三人の人間が襲われたので、こちらの市民はぴりぴりしているのよ。当局からしばらくの間、山に近づくなというお触れが出されているわ」

「それは困りましたね。なにか対策は講じられているのでしょうか？」

「ジュノー警察署の刑事部長が陣頭指揮を執り、ハンターを集めては連日山狩りをおこなっているわ。残念ながら、いまのところ成果は出ていないみたいだけど」

「はやく解決してほしいものですね」

そうこうするうちに車はジュノーの中心地に入り、やがてパトリシアの実家に到着した。〈シリング&シリング弁護士事務所〉と読める古びた看板のうえから「廃業」という文字が殴り書きされている。

「ご両親は？」

右京の問いかけにパトリシアはもの哀しげに首を振る。

「父は十二年前に、母は九年前にこの世を去ったわ。いまこの家に住んでいるのはわたしだけ。部屋もたくさん余っているわよ。気兼ねなく泊まっていってね」

右京が案内されたのは、パトリシアの両親の寝室として使われていた東南角の部屋だった。飴色の光沢を帯びた木製の家具がこの家の歴史を感じさせる。

そのときパトリシアの携帯電話が軽快なメロディーを響かせた。

「あら、誰かしら」パトリシアはスマートフォンの液晶画面に浮かんだ知らない番号に首を傾《かし》げ、「ちょっと待ってて」と言いながら、部屋を出ていく。

五分ほどして、パトリシアが戻ってきた。どうしたことか、顔色が蒼白で、表情が抜け落ちているではないか。

「パティ、大丈夫ですか？」

心配した右京が声をかける。

「ヴィクターが……」

「ヴィクター？　人の名前ですね？」

「親しくしていたネイティヴ・アメリカンの青年なの。ああ、ウキョウ……」

パトリシアが右京に身を預けるようにしてしなだれかかった。そのままの体勢で肩を震わせて、すすり泣きはじめる。女性写真家の気持ちが落ち着くまで十分に待ってから、おもむろに右京が尋ねた。

「なにがあったのですか？」

「ヴィクター・ハモンドが人食い熊に襲われたんだって。ヴィクターの母親のルーシーからの電話だったの」

右京はパトリシアの両肩に手を置き、軽く揺する。

「気をしっかり持ってください。事故はどんな状況だったのでしょう？」

目を赤くしたパトリシアが、とぎれとぎれに答える。

「わたしもルーシーから連絡を受けたばかりで、詳しい事情はわからない。なんでも今日の夕方、ジュノー山の奥で遺体が見つかったそうよ。見つけたのは山狩りに入っていたハンターだって……」

「人食い熊は見つかったのですか？」

「周りに足跡はあったそうだけど、逃げたあとだったみたい」パトリシアはゆるゆると首を振ると、自問した。「でも、ヴィクターはなぜそんなところまで行ったのかしら。居留地からずいぶん離れているのに」

「居留地ですか？」

聞き慣れないことばに、右京がすかさず反応する。

「彼ら先住民は土地を追われ、クランごとに居留地に住んでいるのよ」

「クランというのは、たしか氏族のことでしたね」

「共通の祖先を持つ血縁集団をクランと呼ぶの。彼らは母系クランなので、女性の祖先をどこまでもたどっていくことができる。現在はいくつものクランに細分化されているけれど、元々はワタリガラスのクランとハクトウワシのクランのふたつにさかのぼれるそうよ」

右京がうなずくのを確認し、パトリシアが続けた。

「白人と結婚した先住民は別だけど、そうでない場合は定められた居留地に留まるよう奨励されているのよ。居留地はシトカやケチカン、チチャゴフ島などに分散しているんだけど、ヴィクターたちクマのクランの居留地は空港の北にあるの。遺体が見つかったジュノー山からはずいぶん離れているわ」

細かい地名を聞いても地図が思い浮かばなかったが、右京はこだわらなかった。

「前の三件の事故も近くの場所で起こったのですね？」

「そうなの。ジュノーの街の背後にそびえる山がジュノー山。街に面した西斜面は急だけど、裏側の東斜面は比較的なだらかで、いろんな動物たちが棲んでいるわ。人食い熊もその一帯を縄張りにしているみたい。さっきも言ったように、刑事部長が山狩りの陣頭指揮を執っているんだけど、グリズリーのほうが一枚上手なのかしら……」

パトリシアはやりきれない表情で遠くを見つめている。木造建築の壁に阻まれて見とおすことはできないが、きっとジュノー山はその方角にあるのだろう、と右京は推測した。

「人食い熊に裏をかかれているみたいですねえ」

「野生動物を相手にしていると、動物たちの優れた感覚にしょっちゅう驚かされるわ。人食い熊も危険を感知するとすばやく森に逃げこみ、相手を見定めて襲いかかってくるんだわ」

パトリシアの口調が苦々しくなった。

「犠牲者はいずれも単独行動をしていたのですか」

「必ずしもそうではないわ。最初はふたり組のハンターだったから。でも、そのあとの三人はいずれも単独行動しているところを襲われたみたい。二番目が単身のトレッカーで、三番目が成人女性。この人もひとりで山歩きをしていたみたい。そして今度はまだ若い青年。最初のハンターで味を占めた人食い熊にとって、その次からの三人はもってこいの獲物だったのかもしれない」

パトリシアが再び顔を覆った。

2

翌日、右京はグレイシャー・ベイ国立公園に行く予定をとりやめた。前日から、パトリシアの表情にはずっと翳《かげ》りがあり、とても壮大な自然を案内できる心境ではなかった。ヴィクター・ハモンドの不慮の死にショックを受け、心ここにあらずの状態だったのだ。たびたびルーシー・ハモンドに電話を入れては、情報を収集していた。

ヴィクターの変死体は解剖に回されたが、グリズリーに襲われたためにかなり大きな傷を負っていたらしい。ただ、それ以外には特に異常な点は見つからず、今日には早々と遺族のもとへ戻ってきたようだった。そのために明日、クマのクランの居留地でヴィクターの葬儀が営まれることになったという。

「ウキョウ、ごめんなさい。本当はグレイシャー・ベイに行って、穴場中の穴場をガイドしてあげるつもりだったんだけど、明日、葬儀に出席しなきゃならなくなっちゃったの。もちろんウキョウはひとりで行ってもらってかまわないけど、もしよかったら、ついてきてもらえないかしら。わたしひとりだと辛くて……」

日本留学中に覚えたのだろうか、パトリシアが両手を合わせて、右京にうかがいを立てる。

「もちろんかまいませんよ」

「ウキョウ、本当にいいの？　貴重な休暇を見ず知らずの人間の葬儀で潰すことになるけど」

「大自然を満喫するのはあと回しにしましょう。それよりも、本当にぼくがお邪魔してもよいのでしょうか」

「ノー・プロブレム。わたしもいまでは家族みたいに親しくつきあわせてもらっているから、紹介してあげる。無理を言ってごめんなさい。恩に着るわ」

右京は翌日、パトリシアがハンドルを握る四輪駆動車でクマのクランの先住民居留地へと向かった。

運転席のパトリシアが右京に話しかける。

「ウキョウは空港で会ったときから、トーテムポールに興味を示していたわね」

「ええ。精霊とともに生きる人々の暮らしぶりには興味があります。ただ、こんな形で訪問することになるとは思いませんでした」

「本当ね。人生、なにがあるかわからないわ……」

ヴィクターの急死から二日が経ち、パトリシアもかなり立ち直ったように見受けられた。とはいえ、いまも瞳の奥には傷心の影がうっすら横たわっている。無理して明るく振る舞おうとしているのが、かえって痛々しく感じられた。

「くれぐれも事故には気をつけてください」

「オーケー、任せといて」

パトリシアはヴィクターの母親に渡したいものがあるからと、朝からなにやら準備をしていた。それに思いのほか時間がかかったために出発が予定していた時刻よりも遅くなってしまったのだ。遅れを少しでも取り戻すべく、パトリシアは愛車のアクセルをめいっぱい踏んでいた。

空港を過ぎてからは交通量の少ない道をしばらく走り、車は居留地に到着した。助手席から降りたとたん、空気の密度が増した気がした。居留地は深い緑に覆われていた。入口に高さ五メートルほどのトーテムポールが二本、まるで仁王のように建っていた。

右京が興味深げに見上げる。

「クマのクランの居留地なので、トーテムポールには必ずグリズリーが彫られているの」

パトリシアの説明で、ポールの根本に彫られた目の大きなひょうきんな顔つきの動物がグリズリーだとわかった。天辺の嘴《くちばし》と翼を持つ動物はワタリガラスだろうか。他にもオオカミや人間の女性などが大胆な意匠で彫られている。想像していたほど華美ではなく、木地を活かしてところどころにアクセントとして赤や黒、青の彩色が施されている。

右京は手を伸ばしてポールに触れてみた。心なしか温かく感じる。

「初めて実物に接することができました。実にユニークな構造物ですねえ。まるで居留地を訪ねて来るよそ者を見張っているかのようです。あるいはここが結界の入口のようにも感じられます。ほら、日本の神社の鳥居と似ていると思いませんか。これより先は精霊たちが息づく世界なのでしょうか」

しきりに感心する右京に向けて、パトリシアが解説する。

「トリイはよく覚えているわ。たしかに似ているかもしれないわね。ちなみにこれはウエルカム・ポール。お客さまを集落に迎え入れるためのトーテムポールなのよ。他にもポトラッチというお祭りのときに建てられたメモリアル・ポール、葬祭のときに建てられたグレイヴ・ポール、家の柱に彫刻したハウス・ポストなどいろんな種類のポールがあったの」

「過去形ですね」

右京の鋭い指摘に、パトリシアは強くうなずいた。

「そう、ネイティヴ・アメリカンの文化や習慣も次第に廃《すた》れつつあるの。トーテムポールもいまでは観光用にときどき建てられるくらいね。伝承者も少なくなっているって聞くわ。残念だけど。では、村に入りましょう」

パトリシアの先導で居留地へ入っていく。敷地は意外と広く、平坦な土地のところどころに木製の小屋が建っている。意外なことに新建材を使った住宅もあった。いやむしろそちらのほうが数は多いようだった。

居留地だからといって、すべてが昔のまま伝わっているわけではない。あそこに住む人々は衛星放送のテレビ番組で世界中のドラマを観たり、スマートフォンで音楽を聴いたりしているのだろうか。右京の脳裏にそんな想像が浮かぶ。

住宅の戸数は四十から五十ほどあったが、人影はまるでなく、村は不気味なほど静まり返っていた。

「ヴィクターの葬儀だから、みんな墓地のほうへ行っているのね。墓地はトウヒの林の向こうよ」

耳を澄ますと、針葉樹林のかなたから物音が聞こえてきた。近づくにつれ、ざわめきが大きくなってくる。はっきりとは聞きとれないが、祈りのようなものも混じっているようだった。

林を抜けると、墓地が開けていた。キリスト教の墓地風の石碑が並んでいる。その一番端に百人を超える村人が集まっていた。正装なのだろうか、カラフルなマントのような民族衣装をつけ、祈りを捧げている。白人の子どもたちの姿も散見できる。

どうやら葬儀は終盤らしく、いままさに棺が穴に降ろされるところだった。

「昔は人が亡くなるたびに新しいトーテムポールを建て、その柱の上部に人を埋葬していたそうよ。でも、それは昔々のこと。わたしも実際には見たことがないわ。いまではすっかりキリスト教式の葬儀に代わってしまった」

パトリシアがしんみりと語った。

その声を聞きつけた白人の娘が声を殺して、「シリングさん!」と呼んだ。どうやら高校生のようだ。ヴィクターのクラス・メイトなのだろう。

葬儀に参列していた村人が一斉に顔を上げ、こちらを向いた。改めて目にするネイティヴ・アメリカンの人々は、日本人の右京にとって親しみを覚える顔つきだった。東洋人の血が入っていると言われてもうなずけるような目鼻立ちなのだ。

パトリシアを呼んだ女子生徒が手招きする。ふたりは村人の輪に入り、棺が埋められる間、静かに祈っていた。

埋葬が終わると、最前列にいたまぶたを泣き腫らした女性がパトリシアに挨拶にきた。ヴィクター・ハモンドの母親のルーシーだという。

「シリングさん、わざわざ息子の葬儀に来ていただいてありがとうございます」

「なにを言うの。あたりまえじゃない」

「高校の同級生まで……」

ルーシーが白人の高校生たちを涙目で見回した。

「ヴィクターはクラスでも人気者だったから。それよりも遅れてごめんなさい。ちょっと用事を済ませていたら、こんな時間になっちゃって」

パトリシアが小声で謝る。

「いいんです。来ていただいただけで。あの、こちらは？」

「彼はウキョウ。日本から遊びに来てくれたの。わたしひとりだと心細かったのでついてきてもらったんだけど、よかったわよね？」

「はじめまして、ウキョウ・スギシタと言います。招かれてもいないのに、いきなりこのような場に顔を出してしまい、申し訳ありません」

右京がお辞儀をすると、ルーシー・ハモンドは恐縮したように頭を振った。

「とんでもない。海の向こうから参列していただいて、きっとヴィクターも喜んでいるはずです。これから集会場でヴィクターを偲《しの》ぶささやかな宴が開かれます。どうぞご参加ください」

誘われるままパトリシアと右京は高校生たちとともに集会場へと移動した。集会場は村人が全員入れるくらいの大きな木造の建物で、手前が広場になっていた。広場にも大小さまざまなトーテムポールが建っている。右京はそのひとつひとつをじっくり眺めていたかったが、ここはみんなにしたがって集会場に入った。

部屋の中は少々薄暗かった。しばらくすると目が慣れ、テーブルにごちそうが並べられているのがわかった。パトリシアが料理の説明をする。サケやオヒョウ、ウニなどの魚介類、オジロジカやトドの肉、キイチゴやキノコなどの山の幸、これらの伝統的な食材を使った素朴な料理に加えて、ピザやフライドポテトの皿も置かれている。高校生たちはこちらのほうに目を奪われていた。コーラやビールの缶も並んでいた。

住宅もそうだったが、ところどころでネイティヴ・アメリカンの生活にも現代アメリカの文化が忍び寄ってきているさまが垣間見える。時代の流れにはさからえないのだろう。

右京たちは奥まった席に案内された。すぐそばに黒と赤のマント状の衣装をまとい、頭の部分にグリズリーが彫られた杖を持った威厳のある老女が椅子に座っていた。面立ちはルーシーに似ている。ヴィクターの祖母であり、クマのクランの古老のスージー・ハモンドだった。その脇に娘のルーシーが腰をおろした。

パトリシアはルーシーを相手に故人の思い出を回顧しはじめた。あいにく生前のヴィクターを知らない右京は蚊帳《かや》の外だった。

そこで古老に話しかけてみることにした。右京が自己紹介をすると、スージーは小皺の浮いた目尻を細めた。

「パティの友だちならば歓迎するよ。日本人はね、わたしたちと同じにおいがするからね」

「ぼくもなぜか落ちついた気分になります。遠い祖先が一緒なのかもしれません」

右京が素直な感想を口にすると、スージーが嬉しそうに笑う。

「祖先かい。お近づきのしるしに、わたしたちがどうやって生まれたかを教えてあげよう」

そう前置きすると、スージーはクマのクランの歴史について語りはじめた。

昔々、ひとりの若い人間の娘が森で迷ってしまった。いつしか日が傾きはじめ、家路を見失った娘は心細くて泣きたくなってきた。そこへ現れたのが一羽の白いワタリガラスであった。夕闇の迫る中、ぼんやりと宙に浮かぶ白い影は道しるべになった。白鴉《はくあ》は娘をいざなうように、森の奥へと進んでいく。娘が懸命に追いかけていくと、森が突然切れて、ぽっかりと開いた小さな草原に出た。娘は転んだはずみに鴉を見失ってしまった。

辺りはすっかり暗くなっており、頭上では星がきらめきだした。今夜はこの草原で一夜を明かそう。娘は決意して草むらに身を横たえる。うつらうつらしはじめたとき、ゴロゴロと喉を鳴らす音がかすかに聞こえてきた。

――オオカミだ！

正気に返って飛び起きた娘の目と鼻の先に、残忍に青く光るオオカミの目があった。

恐怖のあまり声も出ない。牙をむいたオオカミが地面を蹴って飛びかかってくる。

万事休す。娘が覚悟を決めた直後、奇蹟が起こる。どこからともなく現れた巨大なオスのグリズリーが右手の一撃でオオカミを撃退してしまったのだ。グリズリーは娘を背中に乗せて、自分のねぐらに連れて帰る。

娘は命の恩人であるグリズリーと結婚し、やがてひとりの女の子を産む。その女の子こそがクマのクランの始祖であり、スージーの祖先だった……。

熱心に耳を傾けていた右京が納得してうなずいた。

「クマのクランはそうやって始まったわけですか。そして、いまの伝説が村の入口のトーテムポールに彫られているわけですね。ワタリガラスもオオカミも人間の娘も、そしてもちろんグリズリーも彫られていました」

「そのとおり。わたしたちは伝え聞いた話を柱に刻んで次の世代に引き継いでいくんだよ」

文字を持たないこの民族ならではの伝承のスタイルだと右京は感じたが、口には出さなかった。

「クランは女性によって受け継がれていくと聞きました」

「そうなんだよ。母から受け継いだ財産を娘に引き渡す。わたしは死ぬときにルーシーにすべてを託す。それがわたしたちの習わしなのさ」

「財産には、家や装飾品といった物質的なものばかりではなく、先祖代々の知恵、文化、芸能などの目に見えないものも含まれるのでしょうねえ」

日本人の的確な洞察を聞き、スージーはにっこりと微笑んだ。

「よくおわかりだね。わたしたちの伝統や習慣、歌や踊りのすべてが宝物なんだよ。もっと言えば、わたしたちを取り巻く自然も全部宝物だね。太平洋にやってくるザトウクジラ、川をさかのぼるサケ、そびえたつベイスギの林、巨大なムース（ヘラジカ）の家族、そして、もちろんグリズリー。どれもがかけがえのない宝物さ。魂は万物に宿っている。わたしたちはそれを忘れてはならない」

スージーは身ぶり手ぶりを交えながら、熱く語った。

「日本にも八百万《やおよろず》の神といって、自然のすべてに神が宿っているという考え方があります。みなさんと日本人は、自然との向き合い方が似ているように感じます」

「だから同じにおいがするんだね。自然の生き物のおかげでわたしたちも生きていける。やむをえず生き物の命を奪う場合には、感謝の気持ちを忘れずに極力すべての部位を利用するように心がけているんだよ。これがなんだかわかるかい？」

ルーシーがペンダントを掲げてみせた。一見したところ勾玉《まがたま》のような形の黒い装飾品が右京の前で揺れる。

「なにかの動物の骨でしょうか？」

「惜しいね。グリズリーの爪だよ。クマのクランに属するわたしたちにとって、身分を示す証となる大切な紋章。でも、なくしたからといって、この爪を得るためにグリズリーを殺したりはしない。たまたま命を落としたグリズリーがいた場合にだけ、お祈りを捧げてからありがたくいただくんだよ。クマだけではないよ。クジラもサケもムースもビーバーも、殺した獲物には敬意を払い、ありがたくちょうだいするのさ」

ここでパトリシアが会話に加わった。

「アフリカでは象牙を採取するためにいまもアフリカゾウが殺されている。思いあがった人間の暴挙だわ」

「本当にね。グリズリーはわたしたちの守り神なのさ。だからことさら大切にしている。もし死んだクマがいても、徹底的に余さずに使わせてもらう。肉や脂肪は食料に、毛皮は衣服に、内臓は薬に、骨や爪は装飾品にといった具合にさ。使えないところはどこもないんだよ。いまはすっかり衰退してしまったけれど、昔は子どもの誕生や結婚式、葬式などの節目にポトラッチという祝宴が開かれてね、その際にはクマからの恵みを他クランの人々が持ってくる魚や野菜なんかと交換したものさ。そんなときもクマの毛皮や薬は高価に扱われたんだよ」

「なるほど。それらの副産物を得るために、グリズリーを狩る場合もあるのでしょうか?」

右京の質問にスージーは首を横に振った。

「狩りなんかしなくても、クマは向こうからやってきてくれるよ」

「どういう意味でしょう？」

「文字どおりの意味だよ。五年前のできごとだった。集落で長い間飼っていたグリズリーが死んでしまった。ずいぶんと年をとったクマだったので、天寿をまっとうしたんだろうね。飼育係をやっていたヴィクターは嘆き悲しんだ。ヴィクターに落ち度はなかったんだけど、責任感が強かったあの子は自分を責めた。すると数日後、なんの前触れもなく集落に一頭の子熊が現れたのさ。ヴィクターはそのクマにテッドという名前をつけて、新たに飼育することにしたのさ」

不思議な話だった。おそらくは交通事故かなにかで母親を亡くした子熊がたまたまタイミングよく、居留地に紛れこんできたのだろう。しかし、右京はあえて頭の中の考えをしまいこんだままにした。不思議は不思議のまま受け入れたほうがいいような気がしたのだ。

「そのテッドというクマはいまもいるのですか？」

「いまではすっかり大きくなって、この居留地の人気者だよ。テッドはまだヴィクターの死を知らないんだね。面倒をみてくれる友だちがいなくなったと知ったら、寂しいだろうね」

ここにきて孫の非業の死を思い出したのか、スージーの目尻の皺に透明な液体がにじんできた。みるみる大きな粒となり、やがて頬を伝わり落ちた。

「あのヴィクターがよりによってグリズリーの犠牲になるなんて……」

古老が声を震わせる。慰めのことばも浮かばず口をつぐんでいると、パトリシアが溜息を漏らした。

「ヴィクターはよくわたしの撮影についてきたわ。根っからの動物好きで、自分も将来は写真家になりたいと夢を語っていたの。あの若さで、動物のことはなんでも知っていた。特にクマの扱いにかけては誰よりも長けていたのよ」

「そうね。ヴィクターはグリズリーとの距離の取り方を知っていたわけですね」

「ヴィクターには特別な才能があり、気性の荒いクマを相手にしても、わけなく手なずけることができた。誰にでもできるまねじゃないわ」

パトリシアが亡き若者の特技を回想すると、スージーが再び涙を流した。

「やがてはクマのクランを背負って立つ男だったのに……」

「そもそもお孫さんは、どうして人食い熊の出没するような危険地域に行かれたのでしょう」

右京の好奇心がうずきはじめた。スージーはゆるゆると首を左右に振った。右京の質問に答えたのは、母親のルーシーだった。

「本当にどうしてでしょう。最近はちょくちょく、親にも行き先を知らせずに外出していました。年頃の若者だから、デートにでも出かけているかと思っていたんだけど」

「人食い熊をなんとかしようと考えたんじゃないかしら」パトリシアが自説を述べた。「グリズリーの扱いに慣れているヴィクターは、自分ならば人食い熊の被害を止められると、いや、自分が止めねばという義務感で……。危険だからジュノー山のほうへは近寄らないよう、なんども注意したのに」

パトリシアは唇を強く嚙むと、近くで一団となっていた高校生たちに声をかけた。

「あなたたちはヴィクターがジュノー山の奥の危険地域に出かけていたことを知っていたの？」

さきほどの白人の女子生徒が一同を代表して答える。

「知りませんでした。知っていたら、もちろん止めていました。ねえ、みんな」

女子生徒が呼びかけると、高校生たちは声に出したり態度で示したりして、肯定の意を表した。背が高くひょろっとした外見の男子高校生がぼそぼそと発言した。

「ヴィクターはたとえ人食い熊だとしても殺すのは間違っていると言っていました。彼はクマのクランの出自に、心から誇りを持っていました」

「ヴィクターは銃が嫌いだったよ」スージーが涙を拭った。「いくら人食い熊だとしても、銃殺されるのが忍びなかったんじゃないだろうか。クマを愛し、クマから愛された子だった」

「わかる気がするわ」パトリシアがしんみりと語る。「ヴィクターは優しい子だったから」

ややあって、ルーシーがぽつりぽつりと話しはじめた。

「かわいそうに……背後から襲われたようです。背中に爪跡が残っていました。五本の爪でごっそり肉がそぎ取られて、草むらに倒れていました……さぞかし痛かったでしょう……」

むごたらしい遺体を想像したのか、パトリシアが顔をしかめた。

「グリズリーはムースだって一撃で仕留める怪力なのよ。人間が殴られたらひとたまりもないわ」

「わたしはどうしても信じられないよ。あんなにクマに愛されていた子が……」

スージーの繰り言が止まらない。パトリシアが結論づけるような口調で言った。

「自然はときとして残酷になるものよ。血に飢えた人食い熊はヴィクターを仲間と認識しなかったのでしょう。無念だけど、わたしたちはこの悲しみを乗り越えていかねばならないのね」

「そうですね。でも、いまもまだヴィクターの死を受け入れることができません」

気丈にふるまおうとしたルーシーだったが、途中でことばをつまらせた。

パトリシアがショルダーバッグから平たく四角い物体を取りだす。

「さっきも話したけど、ヴィクターはよくわたしの撮影についてきました。そのときに撮った彼のポートレイトなの。よかったらどこかに飾ってちょうだい」

きちんと額装された半切サイズの写真がルーシーに手渡された。なんの屈託もなさそうに無邪気な笑みを浮かべたネイティヴ・アメリカンの青年の正面顔が写っていた。パトリシアが朝から準備していたのはこの写真だったのだ。

デジタル化の波に押され、一眼レフのカメラもすっかりデジタルカメラにとって代わられた。プロカメラマンであるパトリシアはどちらのカメラも持っていたが、いまだにフィルム式のアナログカメラに愛着を持っていた。この写真もお気に入りのアナログカメラで撮影したヴィクター・ハモンドのポートレイトだった。

写真を受け取り、在りし日の息子と対面を果たしたルーシーが嗚咽《おえつ》を漏らした。スージーのすすり泣きがそれに重なる。同級生の生前の笑顔が引き金になったのか、高校生たちも涙を落としている。

これ以上の長居は不要であろう。右京はパトリシアと目配せを交わし、スージーとルーシーに暇乞《いとまご》いをした。右京はパトリシアと一緒に集会場の外へ出た。しばらく薄暗い空間にいたせいだろう。青空が眩しく、右京は思わず目を細めた。

「シリングさん、ちょっと待ってください！」

駐車場のほうへ向かっていると、後ろから呼びとめる声が聞こえた。振り返ると、別れたばかりのルーシー・ハモンドが手を振りながら追いかけてきているではないか。

「どうしたの、ルーシー」

動物写真家の目の前に、息子を亡くしたばかりのネイティヴ・アメリカンの女性が一台のカメラを差し出した。

「このカメラ……」

「ルーシー、これはわたしが前にヴィクターにあげたものなのよ。写真家になりたいって言っていたから。だから返さなくていいのよ。ヴィクターの形見として、取っておいて」

「わたしたちにはさっきの写真だけで十分です。ヴィクターのことを思い出しながら、シリングさんが使ってください。そのほうが息子だって喜ぶはずですから」

そう言われてしまうと、パトリシアも受け取らざるを得なくなった。ふたりはもう一度ルーシーにお悔やみのことばを述べ、クマのクランの居留地を離れた。

3

ジュノーの市街地へ帰る車中で、右京が運転手に話しかけた。

「パティ、ジュノーの警察署に知り合いはいませんか？」

訝《いぶか》しげなようすで、パトリシアが答える。

「刑事部長のリチャード・ノーランならば、幼なじみだけど」

「刑事部長といえば、人食い熊の山狩りの陣頭指揮を執っている方ですね。それはちょうどいい」

「いったいどうしたの？」

「グリズリーの扱いがうまかったヴィクターくんがどうしてむざむざと襲われてしまったのか、どうも気になってしまいましてね」

「それだけ？」

「背後から襲われたという点が引っかかっています。しかも発見現場は草むらだったそうではないですか。ふつうグリズリーの近づく音で気がつきそうなものです。グリズリーの習性を熟知していたはずのヴィクターくんがどうして気づかなかったのか」

疑問点を口にする右京に、パトリシアが微笑んだ。

「ウキョウは昔からまったく変わっていないわね」

「はい？」

「気になるととことん調べないと納得できない。そうでしょう？」

「ぼくの悪い癖だと自覚していますが、昔からそうでしたか？」

「そうよ。大学の講義内容に全然関係のないことでも、『気になったから調べてみたんですよ』——よくそう言って教えてくれたじゃない」

「そうでしたかねえ。ともかく、そのノーランという方を訪ねてみませんか?」

「もしかしたら、今日も山狩りに出ているかもしれないけど」

「その場合は出直すとして、とりあえず行ってみましょう」

ジュノー警察署は市街地の北部にあった。さほど大きな建物ではなかったが、人口三万人の街にはふさわしいかもしれない。車を来客用駐車場に停め、パトリシアを先頭に警察署に入る。在席している警察官はあまりいない。パトリシアはぐるりと見渡して、目的の人物を見つけたようだった。

「リック!」

名前を呼んで手を振る。すると、苦虫を嚙み潰したような表情でパソコンに向かっていた大きな男が、なにごとかと顔を上げた。

「パティじゃないか。いったいどうしたというんだ」

リチャード・ノーラン刑事部長はレスラーのように胸板が厚く、がっしりとした巨漢だった。五十歳代半ばと思われるが、頰から顎にかけてたくわえられたひげと広く秀でた額が、年齢以上に落ちついた印象を与えている。まるでクマのようだと右京は思った。

「人食い熊はどうなったの?」

パトリシアがノーランにクマのことを訊く。

「今日の午前中も腕利きのハンターを集めて山狩りに行ったんだが、成果なし。まったく賢い野郎だぜ」

「四人目の犠牲者のヴィクター・ハモンドとは個人的に親しかったのよ。いままで葬儀に行っていたの。まだショックが抜けきらないわ」

「まだ十七歳だったか。気の毒だったな。ところで、用件は？」

パトリシアはノーランの質問には答えず、右京を引き合わせた。

「こちらはわたしが日本に留学していたときからの友人のウキョウ・スギシタ。日本で警察官をやっているの」続いて幼なじみの警察官を右京に紹介した。「こちらはリチャード・ノーランよ。ウキョウが訊きたいことがあるというから、連れてきたの。ちょっとくらい時間は割けるでしょう」

「それは大丈夫だが……」

相手が日本人の警察官と知り、ノーランは探りを入れるように右手を差しだした。

「リチャード・ノーランだ。日本の警察はとても優秀と聞いているが、なにか捜査術でも教えていただけるのかな」

「はじめまして。ウキョウ・スギシタと言います。後学のために人食い熊事件のことを教えていただけないか、と思いましてね。シリングさんがあなたと知り合いだと聞いたもので、図々しくうかがった次第です」

握手を交わしたところで、ノーランはパトリシアを恨めしげに見やった。

「警察は市民のなんでも相談所ではないんだが。守秘義務というのもあるしだな……」

「そんなことわかっているわよ。でも、警察はわたしたちの税金で成り立っているんだから、それは忘れないでね。ともかく、人食い熊事件について教えてちょうだい。ヴィクターがどうしてこんな恐ろしい事故に巻きこまれたのか、少しでも知っておきたいのよ」

「まったく、相変わらず口が減らない女だな」ノーランは右京のほうを向き、「アラスカの女性がすべてこうだとは思わないでいただきたい」

「心得ています」

「で、なにを話せばいいのかな?」

「四人の犠牲者のプロフィールを知りたいなと思いましてね」

「マスコミにもさんざん流れていることだし、まあ、いいだろう」

ノーランは少しほっとしたようすで、壁際のファイル・キャビネットから捜査資料を持ってきた。

「見せることはできないが、すでに発表されている情報ならば教えよう。第一の犠牲者はジョン・サンダース。地元ジュノーのハンターで、年齢は六十一歳だな。ちょうどひと月前、友人のジミー・マッケンローとともにムースを狙いにいったときにグリズリーXに襲われた」

「グリズリーX？」

さっそく右京が訊き返す。

「犯人の人食い熊を――いや、犯熊かな、まあどっちでもいいが――他のグリズリーと区別するためにそう呼んでいる。クマなので名前がないからX」

「なるほど。どのようなグリズリーなのでしょう？」

「目撃者のマッケンローによると、雲を衝くように巨体だったというが、これはもちろん誇張だ。だが大きいのは事実。そばに残っていた足跡から推定して、体長は二・三メートル、体重は四〇〇キログラムを下らないと考えられている」

「そりゃ化け物だわ！」

具体的な数字を聞いたパトリシアが感心したように声をあげた。

「ふつうのグリズリーよりも大きいのですね？」

いかに博識な右京とはいえ、グリズリーの平均的なサイズまでは知らなかった。

「イエローストーン国立公園で測定されたグリズリーの場合、オスで平均二六〇キログラム、メスで平均一七〇キログラムだったはず。グリズリーXがオスだと仮定しても、規格外に大きい個体ね」

「そんなグリズリーに襲われたのなら、ひとたまりもないですね」

右京が眉間に皺を寄せる。

「ベテランのハンターだったサンダースは、やられるまえに、グリズリーXのどてっ腹に銃弾を一発ぶちこんだそうだ。ところが、グリズリーの野郎はびくともせずに、サンダースに襲いかかった。ほうほうの体で逃げだしたマッケンローが警察官とともに現場に戻ったときには、サンダースは腹部を食い荒らされた無残な姿に変わっていた」

「気が滅入る話ね」

パトリシアが顔をしかめると、ノーランはせせら笑うように言った。

「なんだったら、ここらでやめとこうか？」

「いいえ、続きをお願いします」

間髪《かんはつ》をいれずに要求する右京に、ノーランが目を瞠《みは》る。

「いいだろう。第二の犠牲者はジョセフ・ロイド。三十二歳のアメリカ人男性」

「たしかこちらへはトレッキングに来ていたのよね？」

パトリシアが合いの手を入れると、ノーランは唇を舌で湿らせた。

「そうだ。サンフランシスコからバカンスに来ていたようだな。一か月かけて、アラスカとカナダの西海岸沿いの山のトレッキングをのんびり楽しんでいたというんだから、優雅なもんだ。その歳で大手の保険会社の支店長を任されていたそうだから、たんまりお金を貯めこんでいたんだろうよ。ともかく、そのトレッキングの途中、ジュノー山の東側の山麓でグリズリーXに襲われた。この事故はいまから二十日前」

「遺体の状態は？」

動物写真家が怖いもの見たさの心境で問う。

「ひどいざまだった。グリズリーXに殴られたと思われる顔面は変形し、腹部はむちゃくちゃに食い荒らされていたからな。所持品とDNA鑑定で本人確認ができたからよかったものの、それがなければ身許もまだわかっていなかったかもしれない」

「どんな所持品が残っていたのでしょう？」

右京がたたみかけるように質問を浴びせる。

ノーランは苦笑しながら、捜査資料に目を落とした。

「遺留品は、と……ああ、これだな。引き裂かれたザックとポケットにしまってあった財布やキーホルダー、携帯電話など。ザックの中には雨具、カメラ、ラジオ、水筒、地図、着替えが残っていた」

「発見者はどなたですか？」

「オジロジカを追って山に入っていたハンター。マッケンローとは別の人間だ。なんでも遺体を見つけたときには腰を抜かしたそうだ」

「無理もありません」右京が発見者のハンターに同情を示し、先を促す。「第三の犠牲者の方は女性だったようですね」

「ティナ・ハラダ。二十九歳の日系カナダ人女性。〈ジュピター出版〉という出版社に出入りしていたフリーライターだな。この女も山歩きが好きで、出版社の社員に、しばらく西海岸へ行ってくると言い残していた。趣味のトレッキングを楽しんでいるときにグリズリーXに襲われたんだろう。山狩りの最中に、全身を爪で引っかかれた無残な遺体で発見された。まだこれからいくらでも楽しめただろうに、かわいそうにな」

パトリシアは眉をひそめながら、「この事故は大きく報道されたわね。先週だったかしら？」

「ああ、九日前だ。犠牲者がまだ若い女だったから、マスコミも飛びついたんだろう。三件目だったしな」

立て続く被害に、マスコミが一斉に警察を責めたに違いない。ノーランの表情がにわかに曇った。

「ティナ・ハラダさんの遺留品はどうでしたか？」

右京は淡々と質問を続ける。

ノーランは再び捜査資料を見ながら、「彼女はジョセフ・ロイドよりは軽装だった。地図と上着、化粧ポーチの入った小さめのザックと財布、鍵。そんなところだな」

「ザックは破れていましたか？」

「ん？」ノーランは呆れたような口ぶりで、「きれいなままだったようだが、それがどうした？」

「いえ、ロイドさんのザックは破れていたとお聞きしたので、確認しただけです。ところで、三人は同じような場所で被害に遭ったわけですね？」

「そうだ。三人とも半径二キロ以内の範囲内で遺体が見つかっている。ちなみに、四人目のヴィクター・ハモンドもその範囲内だ」

「ジョン・サンダースさんが最初に被害に遭われてから、その一帯へは立ち入らないよう警告していなかったのでしょうか？」

右京のことばが非難に聞こえたのか、ノーランは渋い顔になった。

「もちろん注意は喚起したさ。貼り紙もしたし、新聞やテレビのニュースで、ジュノー山のほうへは特別な用事がない限り近づかないよう呼びかけている。とはいっても野外だからな。危険地帯全域を四六時中監視することは不可能だし、入ろうと思えば誰でも入れるのが実情だ」

「一説にはグリズリーの行動範囲は数百キロに及ぶと言われているわ。出現場所をすべて立ち入り禁止にして封鎖するなんて、事実上難しいでしょうね」

ノーランの弁明は言い訳がましく響いたが、パトリシアの助け船により救われた。右京はそれ以上深追いせず、話題を変えた。

「ティナ・ハラダさんの遺体は全身に傷があったそうですが、やはり食べられていたのでしょうか?」

「いや。食べられた形跡はなかった。それだけが救いと言えば救いだ。ただ、グリズリーXに襲われたのだから、そりゃあもう壮絶なものだった。顔に一撃を食らったようだ。おかげでしっちゃかめっちゃかで、身許確認にきた両親ですら、最初は自分たちの娘とはわからなかったくらいだ」

刑事部長が口をへの字に結ぶ。誤って苦い実を食べたグリズリーを思わせた。

「無礼を承知でお訊きしますが、間違いなかったのでしょうねえ?」

ノーランの顔に「生意気な言いがかりをつける日本人め」という軽い怒りが瞬時に浮かんだが、それを口にはしなかった。

「当然だ。着衣と遺留品は間違いなく、ティナ・ハラダのものだった。DNA鑑定の結果もそれを裏づけている」

「すみません。誤解を与えてしまったようですね。遺体の身許を疑っているのではありません。そうではなく、ティナ・ハラダさんを襲ったクマはグリズリーXで間違いないのでしょうね。別のクマという可能性はありませんか?」

「ああ、そういう意味か」ノーランの表情が多少和らぐ。「第二の犠牲者ロイドのときを除いて、残り全員の遺体のそばには大きなグリズリーの足跡が残っていた。これだけの巨体のグリズリーはそうそういるものではないというのが専門家の見解だ。襲われた場所も近くだし、どれもグリズリーXのしわざと考えて問題ない」

自信をもって断言するジュノー署の刑事部長に、日本の警視庁の刑事が疑問を呈した。

「ヴィクターくんの遺体は草むらで見つかったと聞いています。それなのに足跡が残っていたのですか？」

「近くにぬかるみがあったんだ。ほら、これを見てみろ」

物分かりの悪い日本人に説明するのは疲れると言わんばかりの態度で、ノーランが写真を放ってよこす。捜査資料は外部の人間には見せないという建て前を破って公開された写真には、ぬかるみにくっきりと残ったクマの足跡が写っていた。横に置かれたペンと比較することで、その足跡の規格外の大きさが理解できる。

「これがグリズリーXの足跡なのね」

パトリシアが頭を抱える。幼なじみの警察官が深くうなずきながら、写真を回収した。

「いいな、いまの写真はたまたま落ちただけだからな。ともかく、これでよくわかっただろう」

しかし、右京はまだ引き下がらなかった。

「ヴィクターくんはグリズリーの生態に精通していたそうです。そんな彼がどうして危険なグリズリーが近づいてくるのに気づかなかったのでしょうか。なにしろ現場は草むらだったわけですから、音もしたはずなんですがねえ。その辺がどうにも納得いかないのですよ」

ここがノーランの我慢の限界だったようだ。

「人間なんだから、誰だって油断はあるだろうよ。せっかくだが、この事件はわれわれジュノー警察の事件だ。日本の警察にご協力を仰がなくとも、早晩解決できると踏んでいる。要はグリズリーXを発見して、射殺してしまえばいいわけだからな。ここはアメリカの警察を信用していただいて、せっかく遠くからいらっしゃったんですから、どうぞごゆっくり観光でも楽しんでください。そうは言っても、ジュノー山のほうへは近づかないでくれよ。第五の犠牲者が出てしまっては元も子もないからな」

ノーランは立ち上がり、捜査資料をさっさと元のファイル・キャビネットに戻した。部外者に話すことはこれ以上なにもない。身ぶりがそう告げていた。そのまま自分のデスクへ戻っていく。

右京とパトリシアはジュノー警察署を辞するしかなかった。

「ノーラン刑事部長のご機嫌を損ねてしまいましたかねえ」

警察署を出たところで、右京が呟いた。

「気にすることはないわよ」パトリシアが右京の肩に手を載せて慰める。「警察官はなわばり意識が強い人種だもの。よその警察官から口出しされたら、嬉しくはないのでしょう。ましてや、よその国の警察官には。それはそうと、ウキョウはまだ納得できていないみたいね」

「ええ、ノーランさんの話を聞いて、ますます疑念が膨らんでいます」

「どういうことかしら？」

四輪駆動車の助手席に乗りこんだところで、右京が答えた。

「第三の犠牲者のティナ・ハラダさんですが、彼女は山歩きのためではなく、なにか取材をするためにこちらへいらっしゃったのではないでしょうか」

運転席に腰を落ち着けたパトリシアが質問する。

「どうしてそう思うの？」

「遺留品のザックの中に音が鳴るものがありませんでした」

「どういう意味？」

「第二の犠牲者のジョセフ・ロイドさんのザックにはラジオが入っていました。トレッキング中に音を出しながら歩くことで、グリズリーに人間がいることを知らせていたのでしょう。通常、クマはわざわざ人を襲ったりしませんからねえ。もっともグリズリーXの場合は、逆にラジオの音で獲物に気づいた可能性もあります。もしそうだとしたら、ロイドさんはみずから墓穴を掘ってしまったわけです」

「ウキョウの言いたいことがわかったわ。グリズリーを恐れるトレッカーならば音が鳴るものを持っているはずってことね。たしかにラジオも熊除けの鈴もなかったわね。熊撃退スプレーも」

「熊撃退スプレーですか？」

「ウキョウが知らないこともあるのね。唐辛子のエキスが入った強力なスプレーなの。粘膜に付着すると激しい痛みがあるので、グリズリーにも効果があるそうよ。日本のヒグマ対策用に輸出されてるって聞いたことがあるわ」

「勉強になります。それほどの威力ならば、武器になりそうですねえ」

「そうなのよ。必要もない場所で携帯していると、没収されることもあるみたい。話を戻すけど、ティナは鳴り物を持っていなかったけど、歌いながら歩いていたかもしれないじゃない」

「なるほど、その可能性はありますね。でもやはり疑問は残ります。どうしてティナ・ハラダさんはトレッキングをするのに、食料も水も持っていなかったのでしょう。不思議だと思いませんか」

女性動物写真家はエンジンをかけながら首を傾げた。

「でも待って。リックの話では、たしかロイドのザックにも食料は入っていなかったみたいだけど」

「そちらはちゃんと説明がつきます。グリズリーXが持ち去ったのですよ。だからこそ、ジョセフ・ロイドさんのザックは破れていたわけです。一方、ティナ・ハラダさんのザックは破れていませんでした。つまり、最初から食料も水も持っていなかったと考えられます。トレッキングをする人間の装備とは、ぼくには到底思えないのですよ。ライターなのに携帯電話やタブレット端末すら持っていなかったことも不思議です。誰かが抜き取ったのではないでしょうか」

「ウキョウのこだわりについてはよくわかったわ。それでこれからどうしたいの？」

「ティナ・ハラダさんが宿泊されていたホテルはわかりませんか」

「たしか〈アルテミス・ホテル〉だったはず。ニュースでやってたわ。もしかして、訪ねるつもり？」

パトリシアは呆れたが、右京はどこ吹く風だった。

「小さいことが気になるのも、ぼくの悪い癖」

「本当に昔と変わっていないわね」

右京が曖昧な笑みを浮かべると、パトリシアは大げさに肩をすくめてから車を発進した。

〈アルテミス・ホテル〉は市街地の中心部にあり、〈シリング&シリング弁護士事務所〉まで徒歩圏内だった。右京を降ろしたあと、ヴィクターの遺品のカメラを調べたいからと帰っていったパトリシアを見送り、右京はひとりで〈アルテミス・ホテル〉へ入った。

決して高級なホテルではなかった。長逗留に向いていそうな、どちらかというとエコノミーな宿泊施設である。受付カウンターには生真面目そうな若いフロントマンが立ち、近づいてくる右京をマニュアルどおりの営業スマイルで迎える。右京のきっちりとした身なりは好感を持たれたようだった。

「ご予約のお客さまでしょうか？」

「違います。実はこちらに宿泊されていた方の荷物を探していまして」

「ご利用いただいたお客さまのお名前は？」

「とある事件ですっかり有名になった女性です。ティナ・ハラダ」

「おや、ハラダさまの関係者の方でしたか。本当に痛ましい事故で、ご愁傷さまでした。心よりご冥福をお祈りいたします」

フロントマンは本気で相手を悼む顔になった。日系カナダ人のティナ・ハラダは日本人の血が濃い顔立ちをしていたのだろう、と右京は思った。そのためフロントマンは右京をティナ・ハラダの親戚と勘違いしたようだった。

右京は黙って目を伏せた。フロントマンは勘違いしたまま続けた。

「ハラダさまのお荷物の一部はご存じのとおり、警察が証拠品として押収しています。調べが終わったら、直接ご遺族のほうへ返却されると聞いておりますが。それ以外のお荷物はすでに送るてはずをとったはずですが、まだ着いていませんか？」

真っ向から訊かれると困ってしまう。右京がことばを探していると、フロントマンはいきなり手を打った。

「わかった、あれですね！　少々お待ち下さい」

ひとり合点して、奥の事務室に入っていく。しばらくそのまま待つ。すると少々おっちょこちょいなフロントマンがウエストポーチを持って現れた。

「お探しの荷物はこれですね。ベッドの下に落ちていたので、ついこの前まで見つからなかったのです。大変、ご迷惑をおかけしました。どうぞお持ち帰りください」

右京はほぼ一方的にティナ・ハラダのウエストポーチを押しつけられてしまい、苦笑を禁じ得なかった。あとで警察に届けようと決め、いったん預かることにした。

パトリシアの家へ徒歩で帰りながら、ウエストポーチを開けると、〈ジュピター出版〉と文字が刻印されたボイスレコーダーが出てきた。右京の瞳が怪しく輝いた。

4

一時間後、パトリシアの家へ戻った右京はボイスレコーダーに録音された音声をもう一度再生していた。すでに何度か聞いたのだが、改めて聞き直すことで新しい発見があるかもしれないと考えたのだ。

目をつぶり想像をたくましくして、録音された音声に身をゆだねる。

録音はけたたましい喧騒とともにはじまる。複数の人間のざわめきが急にやんだかと思えば、カラカラカラと乾いた音が聞こえ、それが消えてしばらくすると人々の興奮した歓声が湧きあがる。英語がほとんどだが、他の言語も入り混じっている。どうやらルーレットに興じるカジノの客たちのようだ。

ティナらしい女性の声が聞こえてきた。ティナは誰かに——客のひとりだろう——「ちょっと話を聞かせてもらえないかしら」と持ちかけたが、相手の反応はなかった。続いて、ディーラーに話しかける客の片言の英語から、ティナがブラックジャックのテーブルに移動したらしいことがわかった。ここでもティナは客らしき人物に話しかけたが、やはり相手にされなかった。

その後ティナはカジノに併設されたバーに場を移したようだ。ジャズピアノのBGMが静かに流れる中、ティナは何人かの客にインタビューを試みているが、ことごとく断られていた。

録音内容はそれだけだった。右京は目を開けた。

ティナはカジノでなにを取材しようとしていたのだろう。右京が考えていると、パトリシアがやや慌てたようすで部屋のドアを開けた。

「ウキョウ、ちょっといいかしら？」

「ダメと言ったところで、すでに部屋に入ってきているではないですか。どうしたのですか？」

「ヴィクターの母親から押しつけられた形見のカメラがあったでしょう。あの中に撮りかけのフィルムが入ったままになっていたので、現像してみたのよ。すると興味深いものが写っていたの」

思わせぶりに言うと、パトリシアは封筒から写真を一枚引っ張りだした。グリズリーの顔がアップで写っている。

「もしかして？」

「グリズリーXじゃないか、と思うでしょ？　わたしも最初はそう思ってぎょっとしたの。でも、こっちを見て」

続いてパトリシアが取り出した写真には複数のグリズリーが写っていた。奥には柵のような構造物も確認できる。

「どこかの飼育施設でしょうか？」

「それは次の写真で明らかになるわ」

パトリシアが最後の一枚を右京に差しだした。木造の建物が写っている。"Vega's Grizzly Ranch"と文字が綴られた看板がかかっていた。

「〈ヴェガのグリズリー牧場〉ですか。どういうところなのですか？」

「わたしも行った経験はないんだけど、グリズリーの飼育施設らしいわ。単に飼育しているだけではなく、観光客にも公開しているのよ」

「日本にも熊牧場という観光施設がありますが、それと同じようなものでしょうかねえ。いつ撮影されたものかはわかりませんか？」

「デジタルカメラならば撮影日時のデータが残るので一目瞭然なんだけど、アナログだから無理ね」パトリシアはいったん否定したあと、こう続けた。「だけど、この三枚の前にラッコの写真があったの。一週間前、一頭のラッコがジュノー港に迷いこみ、地元ではちょっとしたニュースになったの。見物に出かけた人も多かった。ヴィクターもカメラを持って行ったのでしょう。だとすると、ヴィクターがグリズリー牧場を訪れたのは、この一週間以内ね」

右京は無言で続きを促した。

「問題はどうしてヴィクターがグリズリー牧場なんかへ行ったのかってことよ。ウキョウ、なにか考えは？」

パトリシアが期待のこもった眼差しを送ったが、右京は作り笑いを浮かべて首を振るばかりだった。

「推理しようにも材料が少なすぎて、なんとも言えません」

「そうだろうと思った。これからそのグリズリー牧場へ行ってみようと考えているんだけど、つきあってくれる？」

「もちろん、おつきあいしましょう」

〈ヴェガのグリズリー牧場〉はジュノーの市街地に向き合う形で浮かぶダグラス島にあった。島には橋がかかっており、車で二十分ほど走るとなんなく目的地に到着した。

ふたりは建物の入口へと向かう。木造の建物に手書きの看板。ヴィクターの写真に写っていたとおりの光景が広がっていた。自動販売機でひとり十ドルの入場券を買って建物に入ると、展示室と書かれた部屋に出た。

グリズリーの生態を説明したパネルが掲げられたコーナーがあり、一角にはグリズリーの剝製が所狭しと展示されていた。目を引くのは二本の後ろ肢で直立した巨大なグリズリーの剝製だった。

あまりの迫力にふたりが見入っていると、背後から突然声がした。

「この付近で発見された最大級のオスだ。いまからおよそ八十年前、現在のジュノー国際空港があるあたりで、猟師によって仕留められた」

振り返ってみると、眼光の鋭い初老の男がふたりを睨《ね》めつけるようにしながらしゃべっている。剝製が置かれた場所と反対側に事務室と表示された部屋があり、いつしかそのドアが半開きになっていた。男はその事務室から出てきたようだ。開いたドアの隙間から事務所の中が見えていたが、そこにもグリズリーの剝製が飾ってある。いったい全部で何体の剝製があるのだろう。

「あなたがマーティン・ヴェガさんですか？」

パトリシアが問うと、男は首肯し、話を継ぐ。

「死亡時の体長二・五メートル、体重五百キロという怪物だ。生前、五人の人間と三頭の馬を食い殺した伝説の熊っ子だ」

ヴェガはまるで自分の手柄を自慢するかのように語った。

「これで体長二・五メートルですか。もっと大きく見えますね」

右京が素直な感想を述べる。二本の後ろ肢で直立した巨大なグリズリーの剝製は、振り上げた両前肢が天井を突き抜けてしまっている。

「体長というのは鼻先から尻の先までの長さのこと。立ち上がると、それに手足の長さが加わるから、優に三メートルを越える。威圧感が尋常じゃないだろう」

ヴェガは満足そうににやりと笑い、タバコに火をつけた。

「グリズリーXもこれと同じくらい大きいわけですか」

「見ていないからわからないが、報道が本当ならば、そういうことになる。こんなのが襲ってきたら、まともに立ち向かえる人間なんていねえ。みんな腰を抜かして動けなくなってしまうだろうさ。銃を持っていたとして、よほどうまい具合に急所に当たらないと、かえって怒らせるだけだ」

ここでパトリシアがヴィクター・ハモンドのポートレイト写真を取りだした。

「ところで、この青年がここへ来ませんでしたか。たぶん一週間以内のことだと思うのですが」

「ふん」ヴェガは鼻を鳴らすと、タバコを床に捨て、乱暴に足で踏み消した。「先住民じゃねえか」

「ええ。彼もグリズリーXの犠牲になりました」

「そりゃ気の毒なことだが、そもそも俺はやつらが嫌いなんでな」

「どうしてですか?」

「クマのクランのやつらが住んでる居留地があるだろう。あそこは元々俺の親父の土地だったんだ。ところが政府がやつらの居留地を作るってんで、二束三文の値段で無理やり接収しやがった」

「おことばですが」右京が割って入る。「この辺の土地は元はといえば、先住民の方々が暮らしていたのではないでしょうか。先住民の方々こそ、あなたたちに土地を奪われたと感じているんじゃないでしょうかねえ」

しかしヴェガには正論は通じなかった。憎々しげな視線を日本人に浴びせた。

「おまえはやつらの味方か？」

「味方も敵もありません」

「へっ、そうかい」

　そう言い残して立ち去ろうとするヴェガをパトリシアが呼びとめる。

「ヴェガさん、どうなんです、ヴィクター・ハモンドはどうしてここへ来たんですか？」

ヴェガは後ろを向いたまま、「知らん」と斬り捨てる。

「あなたはお客さんをちゃんと把握しているんでしょう？　ヴィクターは来たんですね？」

「知らんと言ったら、知らん。俺だって別の用事で外しているときもある。先住民が来ようが来るまいが、知ったこっちゃねえんだ」

憤然と言いきると、ばたんと音を立ててドアを閉め、事務室へ立て籠ってしまった。

「どうしてネイティヴ・アメリカンにあれほど強い偏見を抱いているのかしら。理解できないわ」

パトリシアが肩をすくめる。

「残念ながら料簡の狭い人というのはどこにでもいるものです」

「まったくもう」パトリシアが頭をかきむしる。この女性とは思えない癖もパトリシアらしい。「ところでこれからどうする？」

「せっかく入場料を払ったのです。ひととおり見ていきましょう」

右京がそう提案したとき、ポニーテイルが似合う女性従業員が入ってきた。まだ若く、二十代前半だろう。ネームプレートには「ローラ・ハインズ」と名前が記してあった。

「すみません。ヴェガさんは気難しい方なので、なにかご迷惑をおかけしたのではないでしょうか？」

若いのに気配りのできる従業員のようだ。パトリシアはヴィクターの写真をローラにも見せた。しかし、女性従業員もこの青年には見覚えがないようだった。

「ここの営業時間は午前八時から午後五時までで、あたしの勤務時間もそれと同じです。営業時間外にいらしたのかもしれませんよ」

ローラは落胆するパトリシアを慰めると、唐突にホイッスルを鋭く二回吹いた。すると突然、剝製の子熊が一頭すっくと立ち上がるではないか。

右京は思わず一歩後退し、パトリシアにいたっては尻もちをついて短い悲鳴をあげた。ふたりのオーバーな反応に、ローラがくすくす笑う。

「お客さんに楽しんでもらうためのアトラクションのつもりなんですが、驚かせちゃいましたか？」

「気がつきませんでした。剝製の中に本物のクマが交じっていたわけですか。笛の合図で立ち上がったわけですね？」

からくりを暴く右京に、ローラが紫色のひもで首から提げたホイッスルを掲げてみせる。

「そうです。このホイッスルで調教しました。二回短く吹けば起立、三回短く吹けば待機、二回長く吹けば退散、そんなふうにしつけてあるんです。いくつか芸ができるんですよ。お見せしましょうか？」

ローラが自慢げに申しでたが、パトリシアは険しい顔になって反対した。

「動物に芸をしこみ、見世物にするのはいただけないわね。それは一種の虐待じゃないの？」

「虐待なんかじゃありません」旗色の悪くなったローラが懸命に言い繕う。「ちゃんと獣医さんも立ち会いのもとでトレーニングしていますから」

「そういうことを言っているのではないわ。野生の動物を自在に操ろうという発想がそもそも人間のエゴなのよ」

いきなり説教をされてローラは不服そうだったが、客にはさからわないほうがよいと悟ったようだ。「わかりました。すみません」と謝ると、踵《きびす》を返して子熊とともにエントランスとは反対側に設けられた奥の出入口から去っていく。そちらはグリズリーの飼育場になっているようだった。

右京とパトリシアも飼育場へと向かう。奥の出入口から建物の外に出ると、獣特有の臭気が漂ってきた。サッカーコートの半分ほどのスペースに二十頭あまりのグリズリーが飼われている。飼育場を取り囲む高さ二メートルほどの柵には電流が通じているらしく、稲妻の記号とともに、「危険！　柵に手を触れないように」という注意書きがあった。

飼育場の隅に小さなステージが設けられており、ローラがさきほどの子熊に餌を与えていた。ステージ脇には「三輪車こぎ」「檻から脱出」「かくれんぼ」と演目が表示されている。

「クマの曲芸はサーカスなどでも定番ですからねえ。ここでも観光客を呼びこむためにやっているのでしょう」

右京がとりなしても、パトリシアは立場を変えなかった。

「その商売根性が気に食わないのよ。どうせヴェガの考えでしょうけどね」

右京はステージから飼育場へと視線を転じた。大半のグリズリーは地面にぺたっと腹ばいになり、無気力に訪問客を眺めていた。

「どことなくクマたちの元気がないように思えます」

動物に詳しい女性写真家は同意し、「栄養状態が悪いんじゃないかしら。十分に餌をもらえているのかな。どのクマも野生状態に比べると、やせているわ」

「餌というとやはり動物性たんぱく質が主なのでしょうか」

「もちろん肉や魚は必須だけど、野生のクマは雑食なの。木の実や果実なんかも混ぜないと、栄養が偏ってしまうわ。最近は配合飼料などという便利な代物も……ウキョウ、危ない！」

パトリシアの叫び声に反応して振り返った右京の目が、こちらに向かって突進してくる大きなグリズリーの姿を捕らえた。とっさのことに足がすくみ、身動きが取れない。

次の瞬間、思わず目をつぶった右京の耳に、どーんと大きな衝突音が聞こえた。

まぶたを開くと、大きなグリズリーが柵の内側に横たわっていた。電気柵に正面衝突し、反動で転倒してしまったらしい。柵がこちらに向かって膨らむように変形している。

グリズリーは右京の姿を見て、大きくひと声、咆哮《ほうこう》をあげた。左の耳の先がふたつに裂けており、腹の辺りの毛がはがれて地肌が覗いているのに右京は気づいた。引き攣《つ》れたような傷も確認できる。

「このクマはなぜだか興奮しているようですね」

「まるでウキョウを狙っているみたいね。もしかして、ローラがさっきの仕返しに……」

パトリシアはローラのもとへ大股で歩いていくと、「いまのはあなたのせいじゃないわよね？」と詰問した。

若い女性従業員はいまにも泣きそうな顔になって否定する。

「違います。それに、芸ができるのはウイリーだけです」

「ウイリーというのは？」

「この子熊の名前です」

そう言ってローラは子熊を愛おしげに撫でた。

と、柵の向こうで横になっていた大きなグリズリーが低い声で唸りはじめた。笑ってすませられる雰囲気でもない。

「はやく退散したほうがよさそうです」

右京が出口のほうへ向かおうとしたとき、飼育場の柵に隣接した小屋から四十歳見当の眼鏡をかけた白衣の男が出てきた。右手に銃を持っている。

白衣の男は右京とパトリシアの頭の先からつま先まで、すばやく目を走らせてから言った。

「大きな音がしましたが、どうしましたか？」

「そちらのグリズリーが興奮しているみたいで、わたしたちのほうへ突進してきたんですよ」

パトリシアが説明すると、男はクマのほうへ近づいていく。男が柵越しになにか声をかけると、それまで低く唸っていたクマがとたんにおとなしくなった。

「どうやらあなたたちはM48号の機嫌を損ねてしまったようですが、もう大丈夫です。ご安心ください」

「M48号？」

右京が聞き慣れない符牒を訊き返すと、白衣の男は丁寧に説明した。

「ここでは飼育しているグリズリーを符牒で呼んでいるんですよ。オスはMで、メスはF、そのあとは通し番号です。つまり、M48号はオスの48番目の個体という意味です。左耳の形が特徴的でしょう。ここに連れてこられたときからああなっていました。おそらく幼獣のころ自然下で他のグリズリーかオオカミにでも食いちぎられたのでしょう。申し遅れました、私はこの施設の獣医でトマス・トンプソンと申します」

「なるほど獣医さんでしたか」右京はうなずいたあと、「ローラ・ハインズさんが手なずけている子熊は番号ではなく、ウイリーという名前がついているようでしたが」

トンプソン獣医は愉快そうに笑うと、「ウイリーというのはローラが勝手につけた愛称ですよ。オスの幼獣なので、正確にはM54号です」

「そうでしたか。拝見する限りここにはグリズリーは二十頭くらいしかいないようです。それなのに通し番号が54というのはどういうわけでしょう？」

「あなたは面白い方ですね」

「はい？」

「そんなことを訊かれたのははじめてです。簡単なことですよ。この施設ができて、もう十年が経とうとしています。その間にここで命を落としたグリズリーがそれだけいるというわけです」

「グリズリーは体格もいいですし、長命な動物かと思っていたのですが、案外寿命が短いのですねえ」

右京が意外そうに述べたのを受け、トンプソンが専門家の立場で説明した。

「グリズリーの寿命は飼育下では二十年から三十年と言われていますが、この施設ならではの特殊事情があるんですよ。ここは事故に遭ってけがをしたクマやなんらかの理由で親と生き別れになって保護された幼獣が全米から集められてきます。最初からハンディがあるため、落命するクマが多いわけです」

「そういう目的をもった施設だったんですか」パトリシアが手を打った。「それでグリズリーたちの元気がないように見えるのね。てっきり栄養状態が悪いのかと思っていたわ」

トンプソンが心外そうな表情になる。

「たしかに餌代は潤沢ではありません。それでもなんとかやりくりして、栄養バランスは考えているつもりです」

パトリシアが頭を下げる。

「プロの方に対して、失礼しました。しかし、さきほどの話から考えると、国から補助金が出てもいいんじゃないかしら」

「補助金は出ていますが、雀の涙です。安定して運営していくためには、自分たちで稼がねばなりません。それもあって、観光客に開放しているんですよ。とはいえ、こんな場末の施設です。入場料収入といってもたかがしれています」

ひとしきり愚痴ってからしゃべりすぎたと感じたのか、トンプソンが話題を変えた。

「ところであなたたちは観光客の方ですか。なんとなく雰囲気が違うように感じるのですが」

「わかりますか。実は調べごとをしているのですよ」

パトリシアの告白に、獣医が興味を示した。

「どのような調べごとを？」

パトリシアは再びヴィクターの写真を取り出した。

「ヴィクター・ハモンドといって、ついこの前、グリズリーXの被害に遭ったネイティヴ・アメリカンの青年なの」

「テレビのニュース番組で見た覚えがあります。痛ましい事件でした」

「実は生前、ヴィクターがこのグリズリー牧場を訪れていたようなの。その理由を探っているのですが、あなたはここで彼を見かけませんでしたか？」

トンプソンはしばし視線を宙に漂わせると、「記憶にないですね。私は常勤ではないですし、こちらにいるときも処置室にこもっている時間が長いので」

そう言いながら、さっき自分が出てきた小屋を指差す。

「ところでその銃は？」

しばらく黙って動物写真家と獣医の会話を聞いていた右京が、トンプソンの右手の銃について質問した。

「ああ、これは麻酔銃です。F35号の体調があまりよくないので、麻酔をかけて捕獲し、私の病院に連れ帰って検査をしようと思いましてね」

「どれがF35号ですか？」

「えっと」トンプソンが柵の中をひととおり見渡す。「あそこにいますね。左のコーナー付近でごろんと横になっている個体です」

一頭のグリズリーがぐったり横たわっていた。さっき右京に向かってきたM48号に比べると、ふた回りくらい小型のグリズリーだった。

「あの個体だけをどうやっておびき寄せるのですか。まさか飼育場に入って連れてくるわけではありませんよね。いくらあなたになついているにしても、これだけのグリズリーの中に単身で入っていくのは危険でしょう」

動物写真家の好奇心が刺激されたようだった。

「グリズリーはとても鼻が利く動物ですが、実は耳もいいんですよ。どうぞいらしてください」

右京たちは小屋へ戻るトンプソンについていった。出入口に「処置室」というプレートがかかっている。小屋の中は医療器具や薬品、雑貨など物があふれていた。テーブルの上には、いままでトンプソンが遊んでいたのか、トランプが散らばっていた。カードの側面が黄色く塗られ、裏側にはなにやら文字が印刷されている。

飼育場の柵に面した壁の一部分が開口部になっており、その部分だけ柵が小屋の内側に出っ張っていた。その部分に給餌台が設置してある。トンプソンがスイッチを押すと、給餌台の近くのスピーカーから陽気なポップスが流れてきた。

すると音楽を聞いたF35号がおもむろに起き上がり、給餌台のほうへゆっくり歩いてくる。やがて出っ張りの中に入り、餌を食べはじめた。ここでトンプソンが別のスイッチを押した。出っ張りの入口が鉄板でできたドアで遮断され、F35号は小屋の中で檻に囲われた状態になった。餌に夢中になっているうちに、他のグリズリーから隔離されたのである。

「一頭一頭の栄養を考え、餌の内容と分量を変えています。個別対応ですね。ここのグリズリーは一頭ずつ曲を変えて条件づけしてあります。つまり、自分の曲が流れたときだけ餌場に来るように訓練されています。捕獲の際は、こうやって檻の中に隔離して、麻酔銃で眠らせます。そして檻ごとフォークリフトでピックアップトラックまで運び、私の病院まで連れて帰るわけです」

「よくわかりました。ちなみにトンプソンさん、獣医としてのご意見をうかがいたいのですが、いま世間を騒がせている人食い熊グリズリーXはどうして人間を襲うようになったのでしょうか？」

右京が真剣な表情で質問を放つ。トンプソンはしばし考えたあとでこう答えた。

「グリズリーは本来人間を襲ったりはしません。人間が怖い生き物だと知っているからです。しかし、まれに人を襲うことも事実です。急に至近距離で人間と遭遇したときや、空腹でたまらず危険を冒しても餌を手に入れたいと思ったとき、グリズリーは人を襲います。最初のハンターがグリズリーXを撃ってしまったのがよくなかったのでしょう。グリズリーXは身を護るために抵抗し、そのときについでに人間の味を覚えてしまった。グリズリーXは人を食料として認識したのです。それで人を襲うようになったのでしょう」

「たいへん参考になりました。これからF35号の治療をなさるのですね。われわれは邪魔にならないよう、引きあげるとしましょう」

右京は礼を言い、パトリシアとともに飼育場の出口へ向かった。飼育場を出たところは果樹園になっており、マーティン・ヴェガがラズベリーの実を摘んでいた。

「おまえらまだいたのか？」

収穫の手を止めてヴェガがけんかを売るような口調で言った。男勝りのパトリシアは気も短かった。

「それが客に対する態度なの？」

「先住民の味方は客じゃない」

「まあまあ、落ちつきましょう」右京がふたりの間に入る。「ヴェガさんはなにをなさっているのですか？」

「見ればわかるだろう。熊っ子たちのおまんまを集めてるんだよ。やつらはこの実が大好きなんでな」

「殊勝な心がけです。餌やりはトンプソン獣医ではなく、あなたのお仕事でしたか」

「トンプソンに頼んでいるのは、熊っ子たちの健康管理だけ。そっちについては俺はちんぷんかんぷんだからな。全面的にまかせっきりで、辛気臭い処置室にはろくに入ったことすらない。そのかわり、栄養管理は俺の仕事だ。わからないだろうが、餌やりもそれなりに重労働なんだ」

ヴェガが腰を伸ばし、ラズベリーをひと粒口に放りこんだ。

「やりくりが厳しいようですねえ。トンプソン獣医からうかがいました」

「トンプソンの野郎、余計なことを……」

渋い顔になるグリズリー牧場の経営者を、いまだ怒りが収まっていないパトリシアが挑発する。

「この施設、国から補助金が出ているそうね。国から預かったグリズリーに芸をしこんで見世物にするなんて、許されないことよ。わかってる？」

「パティ、帰りましょう」右京が激怒する友人をなだめ、牧場主に対してお辞儀した。「たいへん失礼しました。われわれはこれでおいとまします」

グリズリー牧場から足早に立ち去るふたりの背中に、ヴェガが痛罵《つうば》を浴びせた。

「とっとと帰りやがれ。もう二度とここへは足を踏み入れんなよ！」

駐車場に停めてある四駆車のところまで戻っても、パトリシアの怒りは収まっていなかった。

「あんな偏見に満ちた差別主義者、絶対に許せない！」

「世の中にはいろんな人がいるものです。あまりかりかりしないほうがいいですよ。怒りというのは生産性の低いエネルギーの発散ですから」

「そんなのわかっているわよ」パトリシアは深呼吸をして気を静めた。「これ以上、ヴェガのことで時間を使うほうがもったいないわ。これからどうする？」

「そうですねえ。ぼくは図書館にでも行って、ちょっと調べ物でもしようかと思います」そう言いながらスーツのポケットを触った右京がはっとした顔になる。「おや、ぼくとしたことが」

右京がポケットからボイスレコーダーを取り出した。

「なんなの、それ？」

「ティナ・ハラダさんの遺品です。ホテルに残っていたものを押しつけられたのですが、さっきまで聞いていて、うっかりポケットに入れたままにしていました。まずはこれを警察に届けなければなりません」

右京がパトリシアに、ボイスレコーダーに録音されていた音声の内容を説明した。

「カジノの音声？　どうしてそんなものが？」

「ティナ・ハラダさんはカジノでなにかを取材されていたのでしょう。残念ながら、その内容まではわかりませんでしたが」

ふたりはティナの遺品を届けるためにジュノー警察署を再訪した。ノーラン刑事部長は山狩りに出かけたらしく、不在だった。

5

右京が訪問して以来、ジュノーは連日晴天に恵まれていた。青空の下、東に望む山々の頂近くの残雪がこの地の緯度の高さを示している。山脈の向こうはカナダだという。ジュノーはカナダとの国境から五十キロメートルほどしか離れていないのだ。

翌朝、ふたりはジュノー警察署へと向かっていた。リチャード・ノーラン刑事部長からパトリシアに、ついにグリズリーXを仕留めたという連絡が入ったのだ。

警察署への車中でパトリシアが右京に訊いた。

「昨日は図書館でなにを調べていたの？」

「主にグリズリーの生態に関してです。いろいろと興味深いことがわかりました」

まもなく車はジュノー警察署に到着した。署の建物に入っていくと、ノーランがほくほく顔でふたりを迎え入れた。昨日とは対応が違う。

「グリズリーXを退治したんだって？」

パトリシアの第一声に、クマのような刑事部長は笑顔で一枚の写真を取りだした。

「論より証拠。これを見てみろ」

ノーランから手渡された写真には、巨大なグリズリーが写っていた。眉間を撃ち抜かれてすでに絶命している。腹部には別の銃痕があった。その銃痕を指し示しながら、ノーランが語る。

「この銃痕は比較的新しいが、傷口はもうすっかりふさがっている。撃たれてからひと月くらい経過しているというのが、専門家の見解だ」

「つまり、ジョン・サンダースさんが撃ったときの傷というわけですね」

右京が理解を示すと、ノーランは嬉しそうにうなずいた。

「そうだ。サンダースと一緒にいたジミー・マッケンローにも見てもらった。サンダースがグリズリーXを撃った場所もここで間違いないそうだ。大きさといい、発見地点といい、こいつがグリズリーXであることは疑いようがない。だろ？」

「やったわね。これでジュノーの人々も枕を高くして眠れるようになるわ」

パトリシアが幼なじみの功績を褒めた。しかしながら、右京は同調しなかった。

「本当にこれで解決したのでしょうか？」

「おい、どういう意味だ？」

日本人警察官の水を差すような発言に、アメリカ人警察官が声を荒らげた。

「ぼくもこのクマがグリズリーXだと思います。これ以上、犠牲者が出なくてよかったとほっとしています。第一の犠牲者のサンダースさんと第二の犠牲者のロイドさんを襲ったのはたしかにこのクマでしょう。しかし、残りのふたりを襲ったのがグリズリーXだとは思えないのですよ」

「ウキョウ、なにを言いだすつもり？」

パトリシアが心配げに日本人の友人を見つめる。

「一度人肉の味を覚えた人食い熊は、人間を餌として認識するそうです。人食い熊は食べるために人を襲うわけです。それにもかかわらず、ティナ・ハラダさんとヴィクター・ハモンドくんは食べられていませんでした。人食い熊の習性として、それは考えにくいのではないでしょうか」

ノーランが拳でテーブルを強く叩く。いきり立つグリズリーのような迫力がある。

「グリズリーだって食欲のないことはあるだろう。獲物を見て本能的に襲ってしまったけれど、空腹ではなかった。そうに決まっている。そもそも現場には足跡が残っていたんだぞ」

「明らかにグリズリーXの犠牲になったと思われるロイドさんのときには足跡はありませんでした。ところが一見足跡などつきにくそうなヴィクターくんのときには、狙いすましたようにぬかるみに足跡が残っていました。都合がよすぎないでしょうか」

「なにを言いたい？」

「足跡は偽造が可能です。むしろ、わざわざ目立つように足跡が残っていたほうが不自然ではないでしょうか」

ここで右京は、ティナが音の鳴るものも食べ物や飲み物も持っていなかったこと、グリズリーをよく知るヴィクターがたやすく背後から襲われたことの不自然性を丁寧に説明した。頭に血がのぼって冷静さを欠いていたノーランも、右京が真摯に説明するのを聞き、次第に落ち着いてきた。

「捜査員の中にも、ティナとヴィクターが食われていないのは不自然だと主張するやつがいるのは事実だ。だがな、だとしたらいったいなにが起こったんだ？」

「ティナ・ハラダさんとヴィクター・ハモンドさんはマーティン・ヴェガさんのグリズリー牧場で殺されたのではないかと思いましてね」

右京がいきなり爆弾発言を放った。

「なんですって。ウキョウ、正気なの？」

パトリシアが素っ頓狂な声をあげた。

「まあよかろう」ノーランがぐいと体を前に乗り出した。「根拠があって言っているんだろうな？」

「はい。昨日ヴェガさんのグリズリー牧場に行ってみました。それというのも、ヴィクター・ハモンドくんが死ぬ前にグリズリー牧場へ行っていることがわかったからです」

パトリシアが右京のことばを補足した。

「ヴィクターの形見となったカメラにグリズリー牧場を撮影したフィルムが残っていたの。現像してはじめてわかったんだけど」

理解したしるしに軽く顎を引いたノーランが目で先を促す。右京が話を継いだ。

「飼育場のグリズリーを見学していたときのことです。一頭のオスのクマがぼくに向かって突進してきました。電気柵の鉄の棒が曲がるくらいの激しい勢いでした。そのときからずっと不思議に思っていたのですよ。どうしてぼくに向かってきたのかと」

「ウキョウ、その理由がわかったのか？」

右京はパトリシアに対してうなずくと、「においだったのですよ」

「におい？」

パトリシアが困惑顔になる。

「もう少しわかりやすく話してもらえないかな」

ノーランが焦れる。

「図書館でグリズリーのことをいろいろ調べてみました。そこでわかったのですが、グリズリーはとても鼻が利く動物だそうです。昨日、獣医のトンプソンさんもそんなふうにおっしゃっていました」

「それは間違いないわ。彼らは嗅覚で餌を探しているから」

右京は首肯し、「グリズリーはぼくのにおいに反応して、向かってきたのではないでしょうか」

「でも、どうして初対面の右京のにおいに反応するの？」

「ぼくもしばらくそれがわかりませんでした。ですが、こう考えてみたらどうでしょう。あのグリズリーはぼくのにおいに反応したのではなく、あのときぼくが持っていたもののにおいに反応したのではないかと」

「もしかして……」

動物写真家もようやく友人が言わんとすることに気づいたらしかった。一方の警察官は相変わらず仏頂面のままだった。

「あのときぼくはたまたまティナ・ハラダさんのボイスレコーダーを持っていました。その後、こちらへお持ちしましたが」

右京はノーランに、どうして女性フリーライターの遺留品を持っていたのか、簡潔に説明した。

「つまり、あのグリズリーはティナ・ハラダさんのにおいに反応して興奮したのではないかと思うのですよ」

「そのボイスレコーダーなら、たしかに受け取った。あんたの考えはわかった。しかし、本当にあのボイスレコーダーのティナの残り香に反応したのか？　それよりは、あんたのにおいに反応したと考えるほうが素直な気がするが」

ノーランが反論を述べたが、右京は動じなかった。

「さっきも言ったようにヴィクター・ハモンドくんもあのグリズリー牧場を訪れています。ティナ・ハラダさんもなんらかの理由で、やはりあそこを訪問していたのではないでしょうか。危険だとわかっているジュノー山へ無防備に近づいたと考えるよりも、ふたりともグリズリー牧場で亡くなったと考えるほうが理にかなっていると思いませんか？」

「ティナとヴィクターは人間の手によって殺された。あんたはそう言っているのか？」

ノーランの顔がいつしか真剣味を増している。

「直接殺害したのはグリズリーでしょう。おそらくはM48号」

「だからティナのにおいを嗅ぎつけて興奮したのね！」

ようやく納得したパトリシアがノーランにM48号の説明をする。それでもノーランは半信半疑だった。

右京がさらに話を続けた。

「M48号は電気柵によって隔離されていました。あの状態で人間を襲うことはできません。何者かがM48号を使って、ティナさんとヴィクターくんを殺害した。そして、ジュノー山の現場近くまで運んで遺体を遺棄し、足跡の偽装工作を行った。そういうことではありませんかねえ」

「ヴェガのしわざね！」パトリシアが叫ぶ。「リック、ぐずぐずしていないで、すぐにあの差別主義者を捕まえにいきましょう！」

「いや、しかし、これまでの話はすべてこの日本人の想像にすぎない。なぜ、ティナとヴィクターは殺されたというんだ？」

慎重な態度を崩さない刑事部長に対して、右京が根気強く説明した。

「ティナさんの荷物から、彼女はトレッキングを楽しむためにジュノーを訪れたのではなかったと考えられます。だとすれば、仕事がらみ、つまり取材で訪れたと考えるのが理にかなっています。出版社の人間にも旅行の目的を語っていなかったことから推測するなら、スクープを狙っていたのではないでしょうか。グリズリー牧場になにかの秘密があると睨み、それを確認しにいったところ、返り討ちに遭って殺されてしまった。そういうことではないでしょうか」

「わかったわ。ヴェガの動物虐待よ。ジャーナリストのティナはヴェガが国から預かったグリズリーを虐待していることに感づいたのよ。それを取材しようとして、ヴェガの毒牙にかかったんだわ」

動物写真家が決めつける。

「もし、それが正しいとして、ヴィクターはどうして殺されたんだ？」

「そうね……ヴィクターがグリズリーを見学してるときに、ティナが取材にきたんじゃないかしら。そして、たまたまヴェガの犯行を目撃してしまった。ヴィクターは口封じのために殺されたに違いないわ。ねえ、リック、ともかくグリズリー牧場へ行けばはっきりするわよ」

ノーランはまだ信じきってはいなかったが、パトリシアの熱意に負けて、ついに重い腰を上げた。

「その程度じゃ令状は取れないな。とはいえ、気になるのもたしかだ。ま、任意で取り調べるくらいはいいだろう」

リチャード・ノーランが部下三人とともに警察車両で先導し、そのあとに右京を乗せたパトリシアの四駆車が続いた。二十分後、二台の車はマーティン・ヴェガの経営するグリズリー牧場の駐車場にすべりこんだ。

警察車両に気づいたヴェガが血相を変えて事務所から飛び出してきた。

「警察がなんの用事だ。くそっ、またおまえたちか！　二度と来るなと忠告したはずだぞ！」

後半は右京とパトリシアへの罵倒だった。ぶ厚い胸板を見せつけるようにして悠然とヴェガの面前へ歩み寄ったノーランが、鎌をかける。

「ティナ・ハラダとヴィクター・ハモンドを知っているな？」

「知らん。誰だ、そいつらは？」

「あんたにその二名の殺害容疑がかかっている。ちょっと調べさせてもらってもいいよな？」

ヴェガが瞬時に顔色を失った。

「根も葉もない言いがかりだ。俺はなにもやってねえ！」

「無実なら調べたって問題ないよな。おい、手分けして調べろ！」

ノーランが部下に命じた。三人の部下はそれぞれ事務所、展示室、飼育場に散り、なにか犯罪の痕跡が残っていないか、しらみ潰しに調べはじめた。

「こら、やめろ！」

怒り狂って捜査員に殴りかかろうとするグリズリー牧場の経営者を、騒ぎに気づいて飛びだしてきた眼鏡の獣医が羽交い締めにして止める。

「ヴェガさん、落ち着いてください。捜査員に暴力をふるえば、即座に現行犯逮捕です。無実ならば、堂々とかまえていればいいんですよ」

「そうですよ」ポニーテイルの従業員も調子を合わせた。「勝手に捜査してもらいましょうよ」

しかし、トンプソンとローラの見通しは甘かった。その夜、鑑識の担当者からノーランのもとに簡単なレポートが届いた。それによると、捜査員のひとりが持ち帰ったグリズリー飼育場の土の中から複数の人間の血液が検出され、それがティナ・ハラダとヴィクター・ハモンドのものと一致したのだ。

6

事件が一気に動いた。

リチャード・ノーラン刑事部長が正式に逮捕令状を請求し、マーティン・ヴェガの身柄を拘束しに行こうとした矢先、グリズリー牧場から電話があり、ヴェガが自殺したと告げられたのだった。通報者はローラ・ハインズ。終業時にヴェガの顔色が悪かったことが気がかりだったローラは、念のため、帰宅後グリズリー牧場に電話をかけたという。いつも夜間は事務室にいるはずのヴェガが電話に出ないことに不安を覚えてグリズリー牧場に出勤したところ、気難しい経営者が事務所で拳銃自殺しているのを発見したのだ。

部下と鑑識に声をかけ、ノーランがジュノー署から出ようとしたまさにそのとき、右京とパトリシアがやってきた。捜査の首尾を聞きにきたのだ。

「また、あんたたちか」

ノーランがうんざりした顔になる。

「これからどこかへおでかけですか？」

「ああ、例のグリズリー牧場だ。ヴェガが自殺したらしい」

「どういうこと？」

パトリシアが機嫌の悪いグリズリーのような風貌の刑事部長につめよる。

ノーランは首を横に振りながら、「持ち帰った土からティナとヴィクターの血液が検出された。それで逮捕に向かおうとしたら、このざまだ。詳しいことは向こうに行ってみなければわからないが……」

「ヴェガさんは罪を認めたうえで、覚悟の自殺をはかったということでしょうか」

日本人刑事に先を読まれ、アメリカ人刑事は歯嚙みをした。

「そういうことかもな。よもやついてくるつもりじゃないだろうな」

ますます不機嫌そうな顔になった刑事部長から人差し指を突きつけられても、男勝りの動物写真家は平然としていた。

「悪い？　だいたいね、グリズリーXを退治しただけで能天気に浮かれていたのはどこの誰よ。ヴェガが怪しいと進言したのは、ウキョウなんだからね」

「だからと言って、素人を同行させるわけには……」

「つべこべ言ってんじゃないの。ウキョウだってれっきとした警察官なんだから」

口論しても勝てないと思ったのか、それとも時間の無駄だと気づいたのか、ノーランが吐き捨てる。

「勝手にしろ。ただし、絶対に捜査の邪魔はするなよ！」

グリズリー牧場では、ローラ・ハインズとトマス・トンプソンが警察の到着を待ちかまえていた。警察車両が駐車場に停まるなり、ローラが駆け寄ってくる。

「発見したときのままにしてあります。こちらです」

ローラのあとを警察官が追い、さらにそのあとに右京とパトリシアが続く。エントランスから木造の建物に入るのかと思いきや、ローラは建物の外、ちょうど事務室の窓のある場所へ一同を導いた。

「ここから覗いてみてください」

ノーランも右京もパトリシアも、言われる前に窓ガラスの中を覗きこんでいた。

部屋の中央、やや窓寄りのところに置かれたデスクに、電話機や書類、筆記用具を押しのけるようにして、男が突っ伏していた。窓からだと背中を見ている角度になる。顔面が天板に押しつけられているため表情はわからないが、着衣は昼間ヴェガが身に着けていた衣服と同じだった。天板の上には血だまりができており、あふれた血液が木製の床に赤黒い染みを作っている。右手はだらりと垂れ、その下には黒光りする小型拳銃が落ちていた。

「状況はおおかたわかった。部屋に入ろう」

建物の入口に回ろうとする刑事部長を、獣医が止めた。

「無理です。入れません」

「もう一度、室内をよく見てください。部屋のドアに注目して」

「なんだって?」

トンプソンのことばにいち早く反応したのは右京だった。

「なるほど、内側から閂《かんぬき》がかかっていますねえ」

「閂だと?」

ノーランが室内を覗きこむ。出入口のドアは真正面に見えた。ドアの内側には頑丈そうな金属製の閂錠がついており、現在はボルトがドア枠の受け部にはまっているようだった。

「そういうことか。もしかして、この窓も……」

窓にも内側からクレセント錠がかかっており、筋肉質のノーランが力ずくで揺すっても、びくともしなかった。

「おやおや、密室ですねえ」

感心したように右京が呟く。

ヴェガはこの部屋を生活の場としていたらしく、右手の壁に接してベッドが据えつけられていた。その上には脱ぎ散らかされた衣服やページを開いたままの雑誌などが雑然と載っている。ベッド脇の小さなテーブルには、食べかけのピザとウイスキーのボトルが放置されていた。その奥にはパソコンとプリンターが載った手作りっぽい作業机が設置してある。

反対側に視線を移すと、壁に沿って乱雑に本が押しこまれたキャビネットと扉が開いたままの電子レンジが載った冷蔵庫が並び、その手前、デスクの左側には薪ストーブが置いてあった。ストーブから延びた煙突は外壁を貫通し、ノーランたちの左上から外へ飛びでていた。左手の奥、ドアに近いサイドには十体ほどのグリズリーの剝製が思い思いのポーズで飾られている。

見る限りどこにも人が隠れられそうなところはない。もし隠れられるとするならば、ベッドの下か冷蔵庫の中、でなければノーランたちが窓を覗きこんでいる外壁の内側にぴったりと身を寄せてじっとしているしか方法はないだろう。

ノーランは部下のひとりと右京たちにこのまま窓のところで待機するように命ずると、残りの部下を引き連れて建物の中に入っていく。ややあって、事務室のドアの向こうからどしんどしんと重い物がぶつかる音がし、窓ガラスが振動した。ノーランたちがドアに体当たりしているらしかった。何度目かでドアを留めている蝶番《ちょうつがい》がひとつ壊れ、さらに数度の体当たりでついにドアが枠からはずれて、警察官たちが室内になだれこんできた。

部下のひとりがほこりの溜まった床に腹ばいになってベッド下を覗く。別のひとりは冷蔵庫の扉を開けて、中を確認した。ノーランが窓の外に向かって、かぶりを振る。室内に隠れている人間はいなかったわけだ。

「ぼくたちも行きましょう」

右京たちもエントランスを回り、壊れたドアを通って事務室に入った。気丈なパトリシアもむせ返るような血のにおいには閉口したようで、思わず鼻と口を手で覆った。

ノーランをはじめとする捜査員たちが、椅子に座ったままデスクに上体を投げだしたヴェガの死体を調べている。右のこめかみに銃痕が開いていた。流れだした血はまだ生乾きで、死後硬直もそれほど進んでいない。鑑識捜査員のひとりがノーランに「死後二時間から三時間」と報告しているのが聞こえた。死亡時刻は午後六時から七時にかけてと右京は脳にメモをした。

ヴェガが椅子に座った姿勢で引き金を引いたと仮定すると、頭蓋を貫通した弾丸は入射角から考えて左後頭部から飛びでたはずだ。右京は捜査員たちの邪魔をしないように、死体の後頭部を覗きこむ。どんぴしゃりの箇所に射出口が開いていた。

右京が想像上でその後の弾道を追う。壁の左斜め後ろ、薪ストーブの煙突が外に出る辺りに着弾痕が認められた。予想したとおりの位置である。

ノーランが展示室に場所を移し、ローラに事情聴取を行う。

「死体発見までの状況を教えてもらえるかな」

ローラは大きく深呼吸をして、「昨日の午後、警察のみなさんが帰られたあとも、ヴェガさんはずっと不機嫌でした。あたしも八つ当たりされて、すごく迷惑でした。昼間なのにウイスキーを飲みはじめたので、なるべく目が合わないようにしていました。定時の午後五時になったら逃げるように帰宅したのですが、そのときとても思いつめたような表情をされていました。それが気になったのと、ちょっと邪険にしすぎたかもしれないと反省して、午後八時頃電話をしてみました。ところが応答がないので、いよいよ不安になって来てみました。ここへ着いてから、おそるおそる事務室のドアをノックしても返事がありませんでした。そのまま建物の外に出て、窓から事務室を覗いてみようと思いました。途中でトンプソンさんとお会いして──トンプソンさんも心配になっていたそうです──一緒に覗いてみたら……ヴェガさんが亡くなっているのが見えたんです。トンプソンさんから警察に通報するように言われて、慌てて電話をかけに行きました」

ローラは一気に語った。雇い主の死に動揺はしているようだったが、悲しみに沈んでいるというようすではない。

「ここに勤めて何年になる？」

「丸三年です。でも……」

「でも？」

「いや、別になんでもありません」

一瞬ローラの顔に、しまったという後悔の感情が宿った。ノーランはそれを見逃さなかった。

「隠しごとはよくないな、お嬢ちゃん」

口をつぐんだローラに代わって、隣にいたトンプソンが答えた。

「ヴェガさんはローラを解雇しようとしていたんですよ。経営が厳しいので、人件費の削減を狙ったのでしょう。閑古鳥の鳴いているようなこの施設で、ちゃんと接客のできるローラがいなくなるとどうなるか。あの人はそんな判断もできなかったのですよ」

「そうなんです。あたしの貢献を、ヴェガさんはなにもわかっていませんでした」ローラが一転して饒舌になる。「あたしとウイリーの出し物があるからこそ、これでも休みの日にはいくらかお客さんがいらっしゃるんです。そこのおばさんは反対されていますけど」

パトリシアに釘を刺すのも忘れない。

ノーランは咳払いをすると、ゴム手袋をはめた手で、床に落ちていた拳銃を掲げた。

「三年も勤めていたら、雇い主の生活も知っていたと思うが、この拳銃はマーティン・ヴェガのもので間違いないかな?」

「はい。デスクの引き出しにしまわれていました。磨いていらっしゃる場面を何度か見た覚えがあります」

「では、もうひとつ。ヴェガが自殺する心当たりは？」

「昨日警察のみなさんがいらっしゃったときから、なにかよくないことに手を染めていたのかも、と思っていました」

「わかった。では……」

ここで右京が一歩前に出た。むっとするノーランを無視して、右手の人差し指を立てる。

「ひとつだけよろしいでしょうか。ヴェガさんは夜になっても事務室のカーテンを閉めない習慣だったのでしょうか？」

「そんなことはありません。いつもは閉めていらっしゃいました。昨夜は、ほら、いつもとはまったく違う心理状態だったでしょうから、カーテンにまで気が回らなかったんじゃないでしょうか」

「なるほど。結構です」

「では、次はあんた」ノーランがトンプソンに向かって顎をしゃくった。「ヴェガとはどういう関係だ？」

「あるときこの牧場で飼われているグリズリーが感染症にかかって、私がそれを診たんです。それ以来ですから、かれこれ十年近いつきあいになりますかね。いままでは専属の獣医として、週に何度か顔を出しています」

眼鏡の縁に手を当てて、トンプソンが生真面目に答えた。

「遺体発見までのことで、このお嬢さんの証言に付け加えることはないかな？」

「特にありませんね。今日警察のみなさんが来られてからヴェガさんは不安そうでした。いったんは自分の病院に帰ったのですが、ちょっと心配だったので、ようすを見にきたら、ローラと会いました。そして、ふと事務室の窓を見たら、血を流して倒れているヴェガさんが見えたんですよ。もちろん、最初はそこまではっきり理解できたわけではなくて、血のようなものが目に入って違和感を覚えたというのが正直なところでしょうか。あとはローラと同じです」

「あんたにも同じ質問をするが、ヴェガが自殺する心当たりは？」

「個人的に懇意にしていたわけではないのでわかりませんが、ここの経営が厳しくて悩んでいたのは知っています。あとはあなたがた警察のほうが詳しいのではないですか？　昨日の任意の捜査が自殺の引き金になったのは間違いないと思いますよ」

トンプソンの答えはシニカルだった。

ノーランはやれやれというように首を振ると、「優秀な日本の刑事さんから、なにか質問があるんじゃないかな」と右京に振った。

ノーランとトンプソンを交互に一瞥した右京は微笑みながら、「今夜はベルトをなさっていないのですか？」と白衣姿の獣医に訊いた。

トンプソンは怪訝な表情になり、白衣の裾をめくり上げた。

「このとおりベルトはしていますが、なにか？」

「おやおや、ぼくとしたことが勘違いでした。どうも失礼いたしました」

「日本の刑事さんの質問はウィットに富んでますな」ノーランはあからさまに揶揄すると、「じゃあ、捜査に戻るか」と、事務室に戻っていった。トンプソンも奥の出入口から去っていく。

右京が展示室を隅から隅まで仔細に眺めていると、出ていったばかりのトンプソンが血相を変えて駆けこんできた。

「みなさん、たいへんです。私の処置室へ来てください！」

「どうした？」

「いいから、みんな急いで！」トンプソンは心臓に手を当てて立ち止まり、「息が苦しい。ほら、ローラ、案内して！」

「わ、わかりました。こちらです」

ノーランをはじめ、捜査員が全員事務室から飛びだしてきた。虚をつかれたような顔でローラのあとを追う。右京とパトリシアも続いた。

「なんだこれは？」

処置室にたどり着いたノーランが吠えた。家庭用の印刷機でプリントアウトされた紙が一枚、ドアにピンで留めてあったのだ。パソコンの文書作成ソフトで作られた文字がびっしりと印字されている。

いち早く文章に目を通した右京がノーランの問いかけに簡潔に答える。

「遺書のようですよ」

「なんだと！」

刑事部長は紙片を留めているピンを抜くと、一心に読みはじめた。

警察が来たからには、俺の犯罪がばれるのも時間の問題なのだろう。そう、俺がティナ・ハラダとヴィクター・ハモンドを殺した。

あの生意気な女ジャーナリストがここを訪ねてきたのは、十日前のことだ。あの女は俺に向かって、「希少動物のグリズリーを虐待している。雑誌に書いて公表する」と言いやがった。かっとなってよく覚えていないが、あの女と揉み合いになったのはたしかだ。気がつくと女はグリズリー飼育場に落ちており、気の荒いM48号に襲われていた。M48号を追い払ったときには、ティナ・ハラダはふた目と見られない状態になっていた。自首するかどうか思い悩んでいた俺に名案が浮かんだ。世間を騒がせている人食い熊のせいにすればよいと気づいたんだ。俺は人食い熊に怯えながら、ジュノー山まで遺体を運び、あの女の遺体を捨てた。本物の人食い熊が現れて遺体を食べてくれれば理想的だったが、そううまくいかない。俺は展示室の剝製の前肢の先を切断して持っていき、それを使って足跡を偽造した。

計略は成功したらしく、新聞やテレビのニュースを見る限り、警察は人食い熊の犯行だと考えたようだった。安心していると、今度は先住民の薄汚いガキがやってきやがった。女とガキは交流があったようで、俺が女を殺したのではないかと、疑っていた。ひとり殺した俺にとって、それがふたりになっても良心はこれっぽっちもうずかなかった。女と同じ方法で殺し、同じように偽装した。

どこで俺の犯行がばれたのかわからない。慎重にやったつもりだったが、どこかでぼろが出たんだろう。警察はきっと明日にも逮捕状を携えてここへやってくるに違いない。グリズリー牧場もうまくいっていないし、家族もいない俺には失うものはなにもない。警察に捕まるくらいなら、自分で死を選んでやる。

あばよ。

マーティン・ヴェガ

沈黙が広がる。最初に口を開いたのはトンプソンだった。

「もっとちゃんと観察しているべきでした。そうすれば、ヴェガさんの変化に気づいたはずなのに……」

　そう言って肩を落とす。ノーランがその肩に手を置いて、悔やむ。

「昼間のうちに身柄を拘束しておくべきだった。ヴェガは自分にティナとヴィクターの殺人容疑がかかり、逃げきれないと覚悟して自殺した。そんなところだろう」

「偽装工作に使った前肢の先というのはどこにあるのかしら？」

　パトリシアの疑問には、右京がすでに答えを用意していた。

「こちらだと思いますよ」

　右京がすたすたと展示室へ移動する。残りのメンバーもそれに続いた。右京は後ろ肢で立ち上がった巨大なグリズリーの剝製の前で足を止めた。

「この剝製、あまりに大きいために、前肢が天井を突き抜けてしまっています」

「なるほど、そういうことか」ノーランは苦々しげに天井を睨みつけ、部下に向かって命じた。「あそこから天井裏を覗けそうだ。確かめてみろ」

　小柄な捜査員が部屋の隅に立てかけてあった梯子《はしご》を昇る。天井に達すると、板をはね上げて、天井裏に上半身を突っこんだ。懐中電灯で中を照らしている。

「前肢の手首から先が切断されています」天井裏に反響してくぐもった声が聞こえてくる。「あっ、ありました」

　捜査員は機敏な動作で天井裏に潜りこむと、しばらくしてグリズリーの両手首から先を持って降りてきた。てのひらの大きさがノーランの顔ほどもある。

「こいつを使って、グリズリーXの足跡を偽装したわけだな。悪知恵の働くやつめ。死なせてしまったのが、返す返すも悔やまれる」

ノーランが歯を食いしばる傍らで、パトリシアが右京に言った。

「これでヴィクターも浮かばれるわね」

「確認したいことがあります。いまからスージーさんとルーシーさんを訪ねてみませんか」

右京が提案し、ふたりはグリズリー牧場を辞して、クマのクランの居留地へ向かった。

7

ルーシー・ハモンドは憔悴《しょうすい》していた。

ヴィクターの不慮の死からまだ立ち直ってはいないようだった。いや、むしろ葬儀のときよりも一層悲しみが深くなっているように思えた。無理もないかもしれない。人生これからという息子を失ってしまったのだ。手足をもがれたような無力感に苛《さい》まれたとしても不思議ではない。

ヴィクターは人食い熊に襲われたのではなく、ヴェガのグリズリー牧場で殺された。パトリシアがいくら説明しても、ルーシーの顔は晴れない。そもそもパトリシアの声がちゃんと聞こえているのかどうかも疑わしい。心ここにあらずの状態で隣にいるグリズリーの頭を撫で続けている。

ヴィクターが育てていたテッドというグリズリーであった。グリズリー牧場のウイリーよりはひと回りほど大きい。ルーシーの目にはこのテッドが亡くした息子のように映っているのかもしれない。

「あんたたちそんなところで立ち話なんかしていないで、入りなさい」

家の中からパトリシアたちを招き入れる声がした。ルーシーの母であり、クマのクランの古老であるスージー・ハモンドだった。

葬儀のあとの催事が行われたのは集会場だったので、住居に足を踏み入れるのは、右京にとってはじめての経験だった。

この居留地にも近代化の波が押し寄せており、大半の住居の外観はアメリカの都市郊外によく見られる同一規格の建売住宅とほとんど同じだった。しかし代々クマのクランにおいて中心的な役割を担ってきたハモンド家は、昔ながらの様式を現代に伝えていた。

木造家屋の正面にはハモンド家の来歴を刻んだトーテムポールが柱として組みこまれている。ハウス・ポストと呼ばれるものだ。間口と奥行きはともに十メートルほどで、内部は小部屋に分かれておらず、ひとつの空間が広がっていた。

ハウス・ポストと向き合う奥の壁には、大胆にデフォルメされたグリズリーが彫刻されていた。部屋の中心には囲炉裏《いろり》が切られ、周囲は板張りになっている。家族で囲炉裏を囲みながら、食事をしたりおしゃべりをしたりするスペースなのだろう。その周りの一段高くなった場所で、寝たり作業をしたりするようだ。壁際には棚が吊ってあったり、収納用の家具が置かれていたりするが、総じて物はあまり多くない。物質文明に毒されていない、スピリチュアルな空間という趣が感じられた。

スージーが囲炉裏端に敷かれたグリズリーの毛皮の上に座る。腰高のチェストの上に、前回パトリシアが持ってきたヴィクターの写真が飾ってあった。右京は遺影に手を合わせ、スージーの対面に座った。

「いまのは日本風の弔いの儀式かい？」

「そうですね。一般的には線香といって、香料を細い棒状に練り固めたものに火をつけてお祈りするのですが」

右京の説明がどこまで伝わったのかわからなかったが、スージーは包みこむような笑顔になり、何度も「ありがとうよ」と繰り返した。

「ルーシーに説明するのが聞こえたよ。ヴィクターは人食い熊ではなく、人間によって殺されたのかい？」

「はい。犯人は……」

パトリシアがヴェガの名前を出そうとした寸前で右京が遮る。

「そうかい。ヴィクターだけでなく、あの女性もやはり殺されたのかい？　名前は思い出せないけど、カナダ人のジャーナリストがいただろう」

「ティナ・ハラダですね。ええ、彼女もヴィクターくんと同じように殺された可能性があります」

「犯人は捜査中です」

「気の毒にねえ。素直ないい娘だったのに」

「やはりティナ・ハラダさんをご存じでしたか？」

右京がわが意を得たようにうなずく。

「そりゃあ、そうだよ。わざわざここを訪ねてきてくれたんだからね。ヴィクターとも馬が合ったようで、長い間一緒に話しこんでいたよ」

「なんてこと」パトリシアが頭をかきむしる。「こんなところにふたりの接点があったなんて」

「ティナ・ハラダさんがここへいらっしゃった目的はなんだったのでしょう？」

右京が真剣な表情で問うと、スージーは立ち上がり、チェストの引き出しから、なにかを持ってきた。

「これだよ。わかるかい？」

古老が見せてくれたものは、小さな干物のような物体だった。全体的に黒っぽく、下のほうが膨らんだ涙滴型《るいてき》をしている。

「なんですか、これ？」

　干からびたブドウのような見てくれに、パトリシアは腰が引けていた。反対に右京は身を乗り出してまじまじと観察している。

「前回お会いしたとき、グリズリーは余すところなく使われるとうかがいました。実物を見るのははじめてなのですが、これは熊の胆嚢《たんのう》ではないですか？」

「そのとおり。グリズリーの胆嚢を乾燥させたもので、なんにでも効く万能薬なんだよ。わたしも歳のせいで胃《い》の調子がよくないから、こいつのお世話になっているよ」

「要するに熊の胆ですね。日本でも昔から有名な生薬です。ちなみにこれはどうやって採取するのでしょう？」

　スージーが身振り手振りを交えて、熊胆《ゆうたん》の採取方法を説明する。それを黙って聞いていた右京の顔が次第に険しくなってきた。

「謎はすべて解けました」

　唐突に右京が立ち上がったため、パトリシアが驚いて声を張る。

「ウキョウ、いったいどうしたの？」

「それを確かめるため、明日バンクーバーまで行ってきます」

「えっ、わかるように説明してよ」

「それはバンクーバーから戻ってからです。早朝に出発すれば、明日中には戻ってこれますか?」

8

翌朝、右京は指定の時刻にグリズリー牧場にノーランとトンプソン、それにローラを集めておくようにパトリシアに頼み、バンクーバーへ旅立った。そしてその夜、約束の時間にはグリズリー牧場に戻ってきたのである。

生前ヴェガが事務室兼居室として使っていた部屋はひととおり捜査が終わり、遺体もすでに片づけられていた。それでもデスクの天板や床の上には血痕が生々しく残っており、そこに集う人々を不安にさせた。

「スギシタさんだったかな、いったいあんたはなにをしようというんだ? こっちはヴェガを書類送検しなければならず、めっぽう忙しいんだが」

「あたしも今夜はデートの約束があるんです。こんなうす気味の悪い場所に閉じこめて、どういうつもりですか。だいたいもう勤務時間外なのに」

リチャード・ノーランは苛立ちを隠さなかった。ローラ・ハインズも不平をぶつけてくる。

右京はふたりをなだめるように言った。

「ノーラン刑事部長が送検なさる前に間に合わせようと思って、こんな時間にもかかわらずお呼び立てしてしまいました。そして、ローラ・ハインズさんにはどうしても同席してもらわねばならないのですよ。その理由はまもなく明らかになります」

「前置きはいいですから、はやくはじめませんか。みんなそれぞれ忙しいようですから」

　高みの見物を決めこむような口ぶりで、トマス・トンプソンが促した。右京が笑みを浮かべてうなずいた。

「みなさんにお集まりいただいたのは、他でもありません。ティナ・ハラダさんとヴィクター・ハモンドくんの死の真相を解き明かすためです」

「それならばすでに……」

　抗議の声をあげようとするノーランを、右京が手で制した。

「マーティン・ヴェガさんは犯人ではありません。彼もまた真犯人により殺害されたのです」

　右京の衝撃的な告発に最初に食いついたのはパトリシアだった。

「ウキョウ、なにを言うの。あなたも遺書を読んだでしょう」

「遺書はパソコンで作成されたものでした。おそらくはヴェガさんのパソコンが使われたのでしょう」

「そのとおりだ」ノーランが即答する。「遺書と同じ文書ファイルが残っていた」

「そうだとしても、遺書を作成したのがヴェガさんだとは限りません。手書きの署名はありませんでしたし、パソコンならば誰でも扱えますからねえ。手袋でもはめて操作すれば、指紋も残らないでしょう」

「遺書はともかく、あのときこの部屋は密室だった。ドアを破って最初に入った俺が証言するが、誰も隠れていなかった」

「そうなんですよ」右京がノーランの主張を認めた。「人間は誰も隠れていませんでした。でも人間以外が隠れていたとすれば、どうでしょう?」

「ん? 意味がわからないんだが」

「ぼくはあのとき窓の外からこの部屋に飾られているグリズリーの剝製の数を無意識に数えていました。ちょうど十体あったので記憶に残っていました。それがいまはどうでしょう?」

パトリシアが指で確認しながらカウントする。

「……六、七、八、九。九体しかないわ。どういうこと?」

「つまり、一体は剝製ではなく、本物のグリズリーだったのですよ。芸をしこまれた子熊のウイリー。彼ならば、剝製の間で息を殺して待つことができました。実際ぼくたちはウイリーのアトラクションで驚かされたことがあります。あれはきっと『かくれんぼ』という芸なのでしょうかねえ」

「そう、そうだったわ」

パトリシアは同意し、ローラのほうへ顔を向けた。

「ちょっと待て」ノーランが日本人の正気を疑うかのように質問する。「あんたはその子熊がヴェガを殺したというつもりか？」

「さすがにそこまで荒唐無稽なことは申しません。しかし、『檻からの脱出』という芸ができるウイリーならば、閂をかけることもできるのではないかと思いましてね。ローラさん、いかがでしょう？」

さっきまで不平不満を垂れ流していたローラの顔が、いつしか蒼ざめていた。にわかに注目を浴びたローラはなかなか声を出せず、「できます」と答えるのが精一杯だった。

癇癪《かんしやく》持ちのグリズリーのような形相で、ノーランがローラを睨みつける。

「このお嬢ちゃんが雇い主を殺したあと、事務室の外から子熊を操ってドアの閂をかけさせ、そのあとは剥製の中に交じってじっと動かないよう待機させた。そういう意味なのか？」

「違います……あたし、やってません」

ローラが必死に否定する。首を横に振るたびに、ポニーテイルが小刻みに揺れた。

「ところで調教に使うホイッスルはいくつありましたか？」

右京が奇妙な質問をしたので、ローラは戸惑ったようだった。

「ひとつだけです」

「それはどこに置いてありましたか？」

たたみかけるように右京が訊く。

「いつもはウイリーの曲芸用のステージの脇に置いていましたけど……」

「申し訳ありませんが、いまそのホイッスルと一緒にウイリーを連れてきていただくことはできませんか？」

数分後、ウイリーを連れて戻ってきた。ローラの首には紫色のひもがついたホイッスルが提げられていた。

ローラはためらいながらもうなずくと、いったん飼育場のほうへ姿を消した。そして
ローラがホイッスルを鋭く三回吹くと、ウイリーは剝製のほうへ向きを変え、やがて固まり動かなくなってしまった。

「短く三回吹くと、このように待機のポーズをとります。『かくれんぼ』の芸のときに使います。これを解除するには、短く二回吹けばいいんです」

ローラが実際にやってみせた。二回ホイッスル音を聞いたウイリーは剝製の中ですっくと立ち上がる。

「では、『檻からの脱出』という曲芸はどのようにやるのか、教えていただけますか」

「わかりました。ホイッスルを長く二回、短く二回吹くと、ウイリーは檻の扉につけられた閂をスライドさせて、檻の外へ出ます。長く二回吹いたあとに短く三回吹けば、檻に入って自分で閂をかけられます」

「なるほど、いたって簡単ですね。残念ながらこの部屋のドアは壊れてしまっていますが、もし壊れていなければ、ウイリーに閂をかけられるでしょうか」

右京の質問に、ローラは強くうなずいた。

「できます。なぜなら、ヴェガさんが試しにやってみようと言って、実演したことがありますから。ウイリーは事務室の閂もかけたりはずしたりすることができました」

「お聞きになりましたか。ウイリーを操ることができれば、この部屋を密室にできるようです」

巨体の刑事部長が女性従業員の正面に回りこみ、ひげ面を突きつける。

「たしかヴェガに解雇されそうになっていたんだったな。それでヴェガへの恨みが積もったのか？」

質問というよりも恫喝といったほうがよいようなノーランの野太い声に、ローラは震えあがるばかりだった。

右京がローラとノーランの間に割って入った。

「待ってください。ぼくがローラさんに同席を求めたのは、いまやったようにウイリーを使って実演してもらいたかったからです。真犯人はローラさんではありません。犯人はあなたですね」

右京が突きつけた指の先にはトンプソンがいた。

次の瞬間、トンプソンが身を翻し、事務室から展示室へ飛びだした。そのままエントランスのほうに向かって全速力でダッシュする。右京がすぐさまそれを追いかける。ノーランが拳銃をホルダーから抜き、天井へ向けて威嚇射撃をした。それでもトンプソンは後ろを振り返ることなく逃げていく。

そのときローラがトンプソンの背中を指差し、ホイッスルを長く吹いた。ウイリーが猛然とダッシュし、獣医を追った。ウイリーは獣医に追いつくと、うれしそうにじゃれついた。だしぬけに行く手を子熊に阻まれて、トンプソンがのけぞる。バランスを崩して転倒した獣医の腕を、すかさず右京がつかんだ。

追いついたノーランが、トンプソンの白衣の襟元をつかみ、引っ張り上げた。

「スギシタの言うことは筋が通っているようだが、罪を認めるか？」

お互いの額が接するほどの距離でノーランが凄んでみせる。しかし、トンプソンは眼鏡をかけた顔をゆっくり横に振った。

「全部、その日本人の刑事さんの妄想ですよ」

「だったらどうして逃げようとした？」

「誰だって犯人だと名指しされれば逃げだしたくなりますよ。冤罪を押しつけられたりしたら、たまったもんじゃないですし。そもそも、私がヴェガさんを殺したっていう証拠がどこにあるんですか。ウイリーの調教師はローラであって、私ではありません。私が子熊を扱えるはずがないじゃないですか」

獣医が懸命に言い募る。

「そうでしょうかねえ」右京は揺るがなかった。「ウイリーへの指示は声ではなく、ホイッスルを使います。つまり、ホイッスルの吹き方さえ熟知していれば、誰にでも扱えるわけです。ローラさんにお訊きします。トンプソンさんにウイリーを扱うことはできたでしょうか？」

どうやら自分の疑いが晴れたらしいと悟り、ローラの顔には血色が戻りはじめていた。

「ウイリーの調教のときに、トンプソンさんは獣医としてよく立ち会ってくださいました。だから、手順はご存じだったかもしれません。でも、実際にやられているのは見たことがありません」

右京がトンプソンと対面した。「あなたはローラさんが帰ったあと、このホイッスルを使って、ウイリーを調教していたのではないですか？　何度もローラさんの調教に立ち会っていたあなたには可能だったと思いますがねえ」

「ですから、それもあなたの妄想ですよ。なにひとつ私がやったという証拠がないじゃないですか」

強気に出る獣医に、右京が意味ありげに微笑みかける。

「ぼくは昨夜あなたに、ベルトをしていないのですかとお訊きしました。覚えていらっしゃいますか？」

トンプソンのレンズの奥の目が泳ぎはじめた。獣医は顔を背けて答えなかったが、ノーランが宣《のたま》った。

「覚えている。あの質問はいったいなんだったんだ？」

右京はスーツのポケットからスマートフォンを取りだし、ディスプレイに写真を呼びだした。

「あのとき、ひそかにトンプソンさんを撮影していたのですよ。ここをよくご覧ください。白衣の下になにか透けて見えるのがわかりませんか？」

肩から胸にかけて左右二本、うっすらと線が認められた。

「なんだ、これは？ サスペンダーか？」

「ぼくも最初はそう思ったので、今日はベルトではないのかと質問したわけです。ところがトンプソンさんはベルトをなさっていた。よく観察すると、この線は黒ではなく紫であるとわかります」

「あっ」パトリシアが感づいた。「ホイッスルなのね！」

「そういうことです。ローラさん、昨夜、ホイッスルを触りましたか？」

「いいえ。ヴェガさんの遺体を発見して動転していたので、とてもそんな余裕はなく……」

ローラが恐る恐るトンプソンに目をやった。右京が話をまとめる。

「たったひとつしかないウイリー調教用のホイッスルをトンプソンさんが持っていた。これはなにを意味するでしょうか。おそらく昨夜あの時刻に事務室の外からウイリーを操って密室の偽装工作を行っていた。ところがローラさんが思いがけなくいらっしゃったので、ホイッスルを戻す暇がなかった。慌てて白衣を着こみ、まるで自分もいま来たばかりのように装った。違いますか？　これは十分に証拠になると思いますよ」

トンプソンは溜息をつくと、憎々しげに舌打ちした。

右京がにこりともせず淡々と続ける。

「あなたは気づかれないうちにウイリーを逃がす必要がありました。だからこそ、遺書を処置室のドアに貼って、みんなをそちらに誘導したのですね？」

「そうか！」ノーランが悔しそうに叫ぶ。「あのときしんどそうに心臓を押さえて、ローラに先導させたのは、自分が一番しんがりになってウイリーを逃がすためだったんだな。騙された」

「カーテンを閉めずに開けたままにしておいたのも、ヴェガさんの死体を発見しやすくするためでしょう。いくら『かくれんぼ』が上手とはいえ、ウイリーにも限度があるでしょうからねえ」

「でもウキョウ、どうしてこの人がヴェガを殺さねばならなかったの?」

パトリシアの疑問はノーランの疑問でもあった。

「そうだ。動機がわからない。虐待をしていたのはこいつではなく、ヴェガのほうだろう。違うのか?」

「クマのクランの方々はことにグリズリーを大切に扱っていらっしゃいます。肉や脂は食料として、毛皮は衣服として利用し、内臓は薬にする。そう、グリズリーの胆嚢は熊胆として活用されるのですよ」

ノーランとパトリシアが訝しげな顔になる。右京のことばの意味がよくわからないようだった。

「アメリカ人にはぴんとこないかもしれませんが、熊胆というのは、主に中国、日本、韓国、ベトナムなどのアジア諸国において高値で取り引きされる生薬です。熊胆の素となるクマの胆嚢や胆汁は、現在ではワシントン条約により厳しく規制され、ロシアやカナダなど一部の国でしか輸出許可証が発行されていません。しかし、実際には正式に許可を得た数倍もの熊胆が市場に出回っていると推定されています」

「密売か！」ノーランの目が輝いた。「熊胆というのはそれほど金になるのか」

「密売ルートを持っていれば、相当な金になります。そのために中国やベトナムではクマの胆汁を搾り取るための熊農場と呼ばれる施設が存在しているほどです。劣悪な環境で飼育し、過剰に胆汁を搾り取るためにクマを衰弱させてしまう事例があとを絶たず、動物愛護団体が強い抗議を寄せています」

「熊牧場ではなく、熊農場？」

パトリシアは頭が混乱していた。

「ちょっと紛らわしいですが、熊牧場というのはクマを飼育して、ときに観光客に公開したりする施設です。一方熊農場というのは酪農と同じ発想で、乳牛からミルクを搾るようにクマから胆汁を採取する施設です。ここヴェガさんのグリズリー牧場は、表向きは熊牧場のように見せかけて、実は熊農場だったわけですよ」

「熊農場ねえ。どうしてそう言いきれるんだ？」

ジュノー署の刑事部長は慎重な態度を崩さなかった。

「ぼくに向かって襲いかかってきたM48号の腹部には毛がはがれ、皮膚によじれたような傷がありました。スージーさんに教えてもらったのですが、ちょうどグリズリーの胆嚢があるあたりです。胆汁は腹部にカテーテルを刺しこんで採取するそうです。M48号はそうやって胆汁を抜き取られたのでしょう。昨夜こちらへ来たときに確認しましたが、飼育場のグリズリーのほとんどの個体の腹部に同じような傷があります。これがなにを意味しているか、一目瞭然だと思いますよ」

「ここで飼われているグリズリーの元気がなかったのには、そういう理由があったのね。ひどい話……」

グリズリーに詳しい動物写真家が合点するのを見て、グリズリーに似た刑事部長もようやく納得した。

「要するに組織ぐるみで、違法な動物虐待に手を染めていたってことか」

険しい目を向ける刑事部長に、ポニーテイルの従業員が真剣な表情で訴える。

「違います。ここはちゃんとした熊牧場です。虐待なんかしていません！　少なくとも、あたしは関わっていません」

右京がローラの訴えを認めた。

「ヴェガさんも関わっていなかったと思いますよ。彼が関与していたとすれば、ここの経営状態も少しは改善したのではないでしょうか。ぶっきらぼうで客商売に向く性格ではなかったにしろ、ヴェガさんは一生懸命にグリズリー牧場を経営していた。よもや自分の熊牧場で不正が行われているとは知らなかったのでしょう。すべてはトンプソンさん、あなたひとりが仕組んだことですね」

日本人刑事から告発された獣医が歯を食いしばる。そのようすを見たノーランは、トンプソンの犯行を確信しながらも、疑問を拭えなかった。

「この男がひとりで……そんなまねが可能だろうか？」

「トンプソンさんは、調子の悪そうなグリズリーを自分の動物病院に連れ帰っては治療して、元気になったらこちらへ返していました。ぼくたちが訪問したときもちょうどF35号というメスを連れ帰るところでした。トンプソンさんがやっていたのは、見た目とは逆の行為だったのですよ。元気のいいグリズリーを動物病院へ持ち帰り、胆汁を搾り取ってから牧場に戻していたわけです。動物を治療するはずの病院で、動物を虐待していた。言語道断です」

「ということは、いまこの男の動物病院を調べれば、証拠が出てくるはずだな。わかった、部下に調べに行かせよう」

　刑事部長にとってはなによりも証拠が必要だった。ノーランがポケットからスマートフォンを取りだすのを見て、トンプソンはついに観念した。電話を終えた刑事部長が右京に確認する。

「ティナ・ハラダはこの男のやっている不正に気づき、取材に来たところを殺されたってわけだな」

「そういうことでしょう。ティナさんのボイスレコーダーを再生すると、彼女がインタビューをしようとしているのがわかりました。残念ながらまともな取材はできていませんでしたが、場所がどこかのカジノであることはわかりました。パティ、トンプソンさんの処置室でトランプを目にしたのを覚えていますか？」

ふいに振られた動物写真家が記憶をたどる。

「たしか側面が黄色いカードだったわね。裏に〝BINGO!〟と書かれていた覚えがあるわ」

「素晴らしい記憶力です」

「ウキョウに褒められると皮肉に聞こえるけど、とりあえずありがとうと言っておくわ」

「カジノでは使用済みのトランプの側面を黄色く塗りつぶし、観光客に販売しています。あのカードを見たときに、トンプソンさんはカジノとつながりがあると想像がつきました。そこで〈BINGO!〉というカジノを探したところ、バンクーバーにあることがわかりました」

「それで急にバンクーバーに行ったわけね」

右京が日帰りでバンクーバーに行っていたことをはじめて知らされたノーランは、この日本人の行動力に改めて感心したようだった。

右京がバンクーバーでの体験を語る。

「行ってみて驚いたのは、カジノに中国人のお客さんが多いことです。そういえばボイスレコーダーにも片言の英語や中国語らしいことばが録音されていたので、ティナさんが取材に来たのはここで間違いないと確信しました。なんでもバンクーバーの近くに中国の富裕層が暮らす街があるそうですねえ」

「リッチモンドだな」ノーランが首肯した。「カナダ政府は百六十万カナダドル相当の資産を保有し、十八万カナダドルを政府に投資することを条件に、外国人に永住権を与えるという政策を実施したんだ。それに目をつけたのが中国の富裕層で、何十万人もの中国人がこの制度を利用して、カナダの都市に移住した。リッチモンドはその代表的な都市だな。人口は二十万人に満たないが、その四割は中国人で、街には中国語の看板だらけだそうだ。カナダは今頃になって、街が中国人に乗っ取られたと悲鳴をあげているそうだ。もはやあとの祭りだがな」

右京はうなずきながら、「〈ＢＩＮＧＯ！〉に行って、この写真を見せたところ」右京が掲げてみせたのは、スマートフォンで撮影されたさきほどの白衣姿のトンプソンの写真だった。「バーテンダーから反応がありました。トンプソンさん、あなたはかなりギャンブルにのめりこんでいらっしゃるようですねえ。向こうではかなりの有名人でした。熱くなると引き際がわからなくなり、最後の一セントまですってしまうタイプ。そういう評判でしたよ。つまり、カジノにとってはいいお客さんです」

「くそっ、舐めやがって……」

ここまで紳士的に振る舞っていたトンプソンがついに仮面を脱いで、汚いことばでののしった。

「俺がどんだけ儲けさせてやってると思ってんだ！」

「あんたのような性格の男はギャンブルに手を出すべきじゃないな」ノーランは獣医をたしなめると、右京に向かって、「それで資金を稼ぐために熊胆を？」

「そういうことです。バーにいた中国人の客にも写真を見せて聞いてみたところ、トンプソンさんは、裕福そうな中国人に近づいては特製ドリンクを売っていたことが判明しました」

「特製ドリンク？」

「これです」

右京がポケットから栄養ドリンクの小瓶を取りだした。

「まだ手元に持っていた人がいたので、一本分けてもらいました。熊胆エキス入りの特製ドリンク、一本二百ドルで飛ぶように売れたそうですね」

「これが二百ドルもするのか！」

ノーランが目を丸くする。

「自分の遊ぶ金欲しさに、なんの罪もないグリズリーを虐待するとは、獣医の風上にも置けません。まして、三人の命を奪うなど、心得違いも甚だしい。恥を知りなさい！」

右京から厳しいことばで糾弾されたトンプソンはただうつむくばかりだった。

9

右京はジュノーを去る前日、もう一度クマのクランの居留地を訪れた。パトリシアも一緒だった。

居留地の広場に据えられた木製のベンチの両端にルーシー・ハモンドとスージー・ハモンドが座っていた。右京とパトリシアはベンチに向き合う格好で立っていた。

息子を失ったルーシーはいまも深い悲しみの中にあったが、前回会ったときよりは少しだけ生気を取り戻したように、右京は感じた。

「あなたがヴィクターの死の真相を突き止めてくれたんだね。ありがとうよ、本当にありがとう。よくやってくれたね」

赤と黒という重厚な色遣いのマントを羽織ったクマのクランの古老が右京を労《ねぎら》う。

「スージーさん、とんでもない。地道に捜査しても、いずれは真相にたどり着いたでしょう」

「そうはいっても、地元の警察だけだと、真相の解明には時間がかかったと思うわ」パトリシアが言った。「グリズリーXが退治されたときに一件落着というムードが濃厚だったもの」

人食い熊の犯罪を装った殺人事件は話題性が高く、ニュースは瞬く間に全米を駆けめぐった。トンプソン獣医の逮捕の翌日から、アラスカ州の州都には多数の報道陣が押しかけた。ニュースは全世界に配信されたため、一時期「ジュノー」はインターネットの検索ワードのトップに躍りでたほどだった。

地元では今回の殺人事件を解決した立役者として、リチャード・ノーランの名前が取りざたされていた。真の貢献者は日本人警察官のスギシタだ。ノーランは地元メディアに対して何度かそう語ったが、当の右京が自分は休暇中なのでなにもしていないと言明したため、ノーランがにわかヒーローに祀り上げられたのだ。

「ヴィクターくんはティナ・ハラダさんから、グリズリー牧場での不正行為を聞いていたのでしょう」

右京の呟きにパトリシアが応じた。

「そのティナが人食い熊に殺されたと聞いて、なにかおかしいと感じたヴィクターはグリズリー牧場に真相を確かめにいったわけね」

「せめて警察に行ってくれていれば、今回のような悲劇は起こらなかったのではないかと残念に思います」

「あの子はクマがとても好きだったからね。虐待されていると聞いて、黙って見過ごすわけにはいかなくなったのだろう。ヴィクターらしいよ」

遠くに向けられたスージーの瞳には、いまもまだ孫の姿が映っているかのようだった。

「ヴィクター……もう少し早く打ち明けてくれていたら……」

ルーシーが目に手を当てて、うなだれる。スージーは悲しみに沈む娘の背中に手をあてがい、「ヴィクターは正しいことをしたんだ。きっとクマの精霊が向こうの世界であの子を大切に扱ってくれるはずさ。さあ、顔をお上げ。母親の涙なんか、あの子も見たくないはずだよ」

「そうよね」

ルーシーが涙で濡れた顔で無理やり笑ってみせた。

「ネットで調べてみたら、熊胆というのは高価なのね。胆汁を乾燥させた粉は、一キロ数百万円で取り引きされるらしいわ」

パトリシアが右京に話しかけた。

「それを買っているのは中国人や日本人が多いといいます。言ってみれば、われわれがクマの虐待の原因を作っているわけです。考え直す必要がありそうです」

日本人を代表して右京が発言した。

「クマの胆汁がどうやって採取されているのか。その実態を知れば、いま無自覚に利用している消費者も少しは考え直してくれるんじゃないかしら」

「そう思います」右京が目を輝かせる。「あなたは写真家なのですから、その実態を写真で突きつけてみてはどうでしょう。一枚の写真はときとして一千の文字よりも能弁ですから」

「名案ね。そうだ、このカメラで撮ろうかな」

パトリシアが取り上げたのは、一度ヴィクターに譲り渡した古いカメラだった。ヴィクターの形見として、いまは再びパトリシアのもとへ戻ってきている。

「それがヴィクターの遺志を継ぐことになると思うわ」

「ぼくもそう思いますよ」

そう言って右京は目を居留地で一番高いトーテムポールへと転じた。ポールの先端に一羽のワタリガラスが止まっていた。右京はなぜか、その鳥がヴィクター・ハモンドの生まれ変わりであるかのように感じた。

第2話　天空の殺意

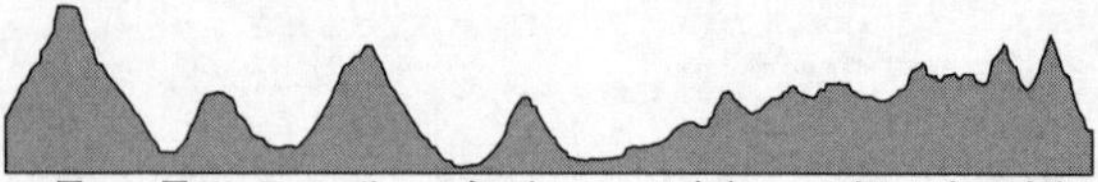

羅臼岳
羅臼平分岐
三ツ峰
三ツ峰線状凹地
サシルイ岳
ミクリ沼
オッカバケ岳
二ツ池
南岳
南岳山頂
知円別平
中の廊下
硫黄山
硫黄山山頂

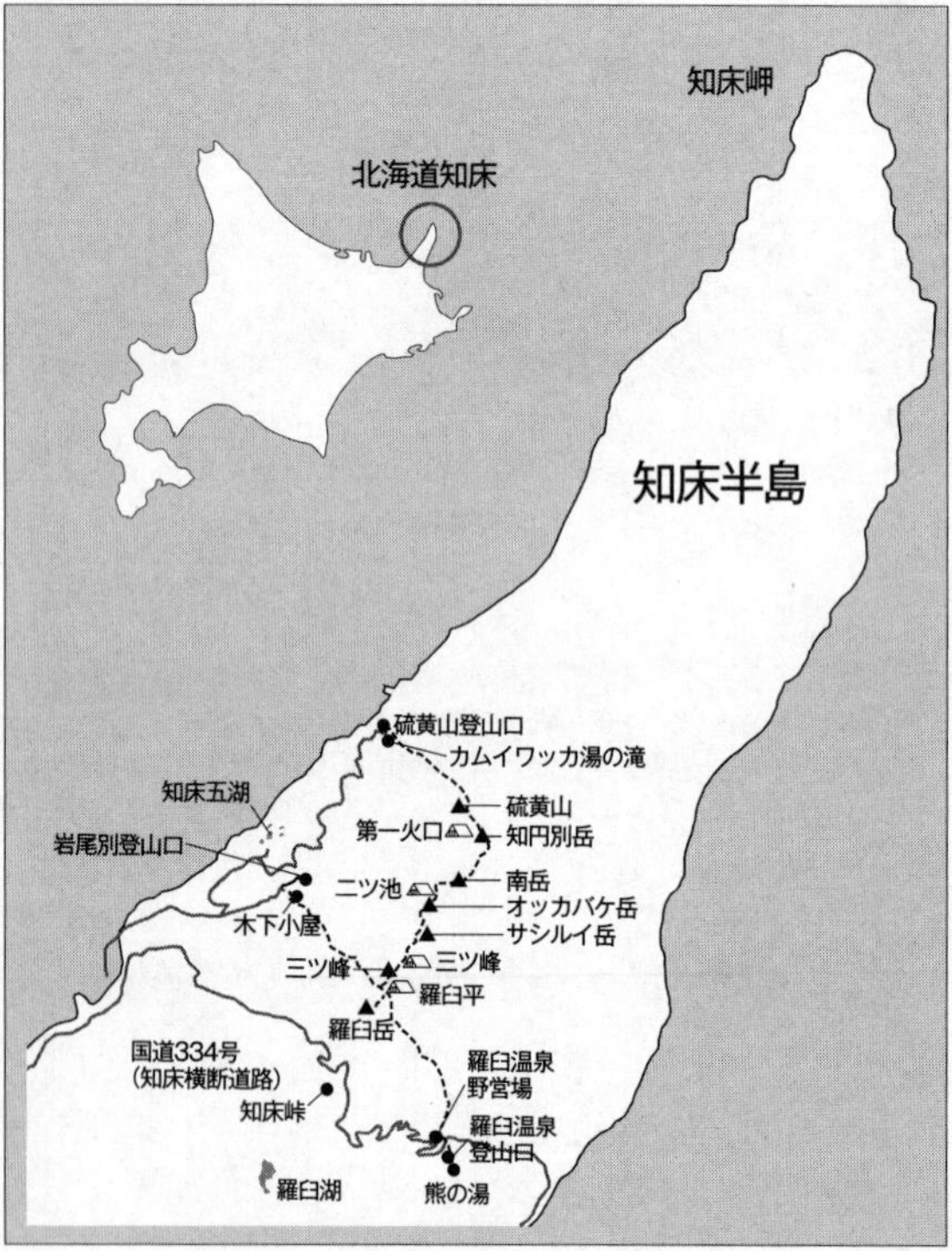

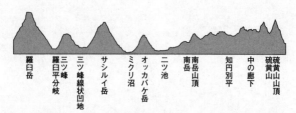

知床岬
北海道知床
知床半島
硫黄山登山口
カムイワッカ湯の滝
知床五湖
硫黄山
第一火口
知円別岳
岩尾別登山口
南岳
二ツ池
オッカバケ岳
木下小屋
サシルイ岳
三ツ峰
三ツ峰
羅臼平
羅臼岳
国道334号
(知床横断道路)
羅臼温泉
野営場
知床峠
羅臼温泉
登山口
羅臼湖
熊の湯

1

朝の6時。

知床連山で初めて開催されるトレイルランニングのレースがたったいま始まったところだった。日本のトレイルランニング界の第一人者である大坪勇《おおつぼいさむ》は、このレースに特別の意味を感じていた。このレースにはなんとしても優勝しなければならない、と。

表彰台ならばこれまでにも何度も経験してきていた。ただし、若手の台頭もあって、以前のように楽に勝てるレースはなくなった。体調も万全とは言い難く、全力を出しきって、ぎりぎり勝てるかどうか。

それでも今日は絶対に勝つ。大坪は自分に強く言い聞かせた。

＊

その数時間後――。

杉下右京《すぎしたうきよう》は北海道に到着したところだった。

右京はかつて何度か事件の捜査で北の大地を訪れたことがある。しかし無期限休職中の身に仕事があるはずもない。今回は気ままなひとり旅であった。アメリカ合衆国アラスカ州のジュノーで人食い熊事件を解決に導いたあと、旧友のパトリシア・シリングの案内でグレイシャー・ベイの大自然を堪能した右京は、同じ世界自然遺産である日本の知床を見てみようと思ったのだ。

女満別《めまんべつ》空港に降り立った右京は、まずレンタカーを借り、そのまま知床を目指した。見渡す限りジャガイモ畑とテンサイ畑の広がる直線道路をひた走り、右京がハンドルを握る車は国道334号を一路知床半島方面へ進んでいた。

東へ向かっていた334号が北寄りに進路を変える辺りから、車窓の景色に変化が現れた。左手一面にオホーツク海が広がっている。冬場は流氷で凍りつく北の海もいまは太陽の光を浴びてきらきらと輝いている。道東にもつかのまの夏が訪れていた。

反対側、右手前方には山並みが連なっている。羅臼《らうす》岳を主峰とする知床連山だ。手つかずの自然が残る日本では数少ないエリアである。

海沿いの一本道をひた走る。知床半島に入ると、もう分岐路はどこにもなかった。国道334号は羅臼までつながっており、知床半島の北の中心ウトロから南の中心羅臼までの間は知床横断道路と呼ばれている、とレンタカーの係員から聞いていた。

やがて車はオシンコシンの滝という水量の豊富な瀑布を右手に望み、そのままウトロの街に入った。道の駅や観光船乗り場、ホテル、土産物屋などが建ち並び、ここが世界自然遺産知床の観光拠点だと主張しているようだった。

ウトロには知床世界遺産センターという建物があった。まずはここで知床の予習をしておこう。そう考えた右京は車を停め、建物の中へ入った。中には野生動物の写真パネルや模型がいくつも並んでいて、知床の自然や生き物について解説してあった。右京は展示にひととおり目を通すと、インフォメーションカウンター横の情報掲示ボードに視線を向けた。道路の通行状況やこの時期に見られる動植物の情報が手書きで掲載されている。この先の道路でつい三日前にヒグマの目撃情報があった。

ここではヒグマは決して珍しい生き物ではないらしい。知床の環境はジュノーに匹敵するのかもしれない。ゆめゆめ注意を怠らないようにせねば。右京は内心で気を引き締めた。

建物の外に出ると、「ＪＥＣ知床大会開催」と書かれた横断幕に気づいた。その下の広場では見覚えのあるロゴが大書されたポロシャツを着たキャンペーンガールが、道行く観光客になにか商品サンプルを配布していた。

さすがの右京もＪＥＣがなんの略語かはわからなかった。いったいなにごとかと思っていると、笑顔を浮かべたキャンペーンガールが近づいてきて、「どうぞ」と右京に商品を手渡した。配られているのはスポーツドリンクだった。

「どうもありがとう。ところで、ＪＥＣとはなんなのでしょう？」

右京が訊くと、キャンペーンガールは考えるポーズになり、「ＪＥＣはトレイルランニングの大会を開催している団体です。今日は知床連山でトレイルランニングの大会が開催されているんです」と答えた。

おそらくアルバイトに違いないキャンペーンガールはＪＥＣがなんの略かまでは答えられなかった。

「トレイルランニングですか。なるほど、それでスポーツドリンクの無料配布を行っているんですね」

キャンペーンガールが配っている商品サンプルはフェニックス飲料のスポーツドリンク〈フェニックス・ドリンク〉だった。右京はこの商品のテレビコマーシャルに見覚えがあった。スポーツマンタイプの男ふたりが岩混じりの山道を全力疾走して喉がからからになる。先に頂上に着いたひとりが〈フェニックス・ドリンク〉をザックから取り出し、ごくごくと喉を鳴らして飲み干す。水しか持っていない後ろのひとりはうらやましそうに横目で見る。そういう内容だった。

なるほどあのふたりの男はトレイルランナーなのかもしれない。そう頭の中で想像した右京の目が、キャンペーンガールの背後に貼られたポスターをとらえた。ポスター上ではコマーシャルで先に頂上に着いた男と、もうひとりの記憶にない若い男ががっちり握手をしていた。

「パートナーが変わったんでしょうかねえ」

独り言のような調子で右京が呟いたため、キャンペーンガールは「えっ?」と訊き返した。

「いや、なんでもありません。そのトレイルランニングはどういうコースなのでしょう?」

「早朝6時に羅臼の街をスタートしたランナーたちは、まず羅臼岳を登り、そのあと知床連山を縦走、硫黄山から下山して、ここウトロにゴールするというコースです」

事前にマニュアルが配られていたのか、キャンペーンガールはよどみなく答えた。

「なるほど。この時期の道東は日の出がとても早く、高緯度地方のために昼が長いので、長時間かかるレースには向いているのでしょうねえ」

この問いかけはアルバイトには対応が難しかったようだ。困ったような顔をするキャンペーンガールに右京は簡単なパスを出した。

「するといまランナーたちは山の中なのですねえ」

「はい。〈フェニックス・ドリンク〉を飲んで頑張って走っていると思いますよ」

弾けるような笑顔で応じるキャンペーンガールにもう一度礼を述べると、右京はレンタカーに戻った。次は知床横断道路で知床峠を越え、国後島《くなしり》が目の前に見える羅臼の街へ行ってみよう。そう決めた右京は、再びレンタカーで国道334号を走りはじめてまもなく道端に立つ幟《のぼり》に気がついた。

幟には「世界自然遺産の知床でのトレイルランニング大会、断固反対！」と文字が躍っていた。どうやらトレイルランニングの実施に反対する人々もいたらしい。

沿道には数百メートルごとに反対派の幟が立てられていた。そのむこうでエゾシカがのんびりと草を食《は》んでいたりするのが、実に知床らしい。野良犬かと思うと、キタキツネがとぼとぼ道を歩いていたりもする。世界自然遺産の知床では動物と人間の距離がとても近かった。

突然、天空に浮かぶ山並みが視界に迫ってきた。一番手前の鉄兜《かぶと》のような威容を誇る山が羅臼岳。羅臼岳から半島の先端へ向かって、いくつかのピークがなだらかに続いていた。いま現在トレイルランニングの大会が開かれている知床連山が、その全貌を現したのだ。

やがて左手に知床自然センターの建物が見えてきた。このまま直進すると知床横断道路になり、知床峠を経由して羅臼に抜けられる。その道を通ろうとしたところで、思いがけない事態が待ち構えていた。知床横断道路は冬季通行止めとなるため、入口にゲートが設けてある。そのゲートのところでふたりの警察官が検問を行っていたのだ。右京のレンタカーもそこで止められた。

「どうしましたか？」

右京は笑顔で尋ねたが、警察官の表情は硬かった。対照的なふたりだった。ひとりは右京と同年輩のがっしりした体形で、もうひとりは痩せてひょろっと背が高いまだ若い警察官である。若いほうがベテラン刑事に小声で囁いた。

「車が違うようです。レンタカーですし」

「一応確認してみろ」

ベテランに促され、若手が車内を覗きこむように腰を折った。

「すみません。捜査にご協力お願いします。免許証を拝見できますか」

右京は免許証を手渡しながら、「ぼくも同業者です。警視庁特命係の杉下と申します。なにかお役にたてることがありますか?」

若い警官は免許証の記載内容を確認して、急にしゃちほこばった態度になった。

「警視庁の方ですか。失礼しました。なにかの捜査ですか?」

「そういうわけではありません。わけがあって、現在は休……」

休職中と言おうとしたちょうどそのとき、シルバーのコンパクトカーが猛スピードで突進してきた。

「おい、富田、あの車だ!」

ベテランの警察官が慌てて道をふさぐと、コンパクトカーは急ブレーキをかけた。タイヤが悲鳴をあげ、ゴムの焼けるにおいが立ちのぼる。慣性力で半回転したコンパクトカーはこれ幸いと逃走していく。

「追うぞ！」

ベテランが警察車両の助手席に乗りこみ、若手が運転席に飛び乗った。すぐにエンジンをかけ、コンパクトカーを追走する。右京も車をUターンさせ、あとに続いた。

知床横断道路とは別に、知床自然センターのところから直進せずに、カーブを描きながら左に分かれる道路がもう一本あった。コンパクトカーが入っていったのは、その道だった。

記憶によると、この道は途中に知床五湖という人気の観光スポットがあり、さらにその先は天然温泉が注ぎこむカムイワッカ湯の滝の入口へと続いていた。

右京の前方五十メートルに警察車両、その前方百メートルのところにコンパクトカーがあった。三台は同じ間隔を保ったまま、知床の原生林の中を走っていく。交通量はそれほど多くないが、ときおりすれ違う車の乗客は、なにごとかという目で、ときならぬカーチェイスを見つめていた。

しばらくすると左手に〈知床五湖〉の表示が現れた。コンパクトカーはスピードを保ったままでそちらへ入っていく。警察車両と右京の車も続く。

道は大きな駐車場で行き止まりになっていた。逃げ場を失ったコンパクトカーは方向転換すると、捨て身の覚悟で警察車両めがけて突っこんできた。次の瞬間、大きな破壊音とともにコンパクトカーが警察車両の側面に衝突した。助手席側のドアがはでにへこみ、ウインドーガラスが砕け散った。コンパクトカーの運転席から中年の坊主頭の男が転がりでて、駐車場の奥に向かって走っていく。

車を降りた右京は坊主頭の男を追う。警察車両の運転席からは富田と呼ばれていた若手警察官が走りだしてきて、右京に並んだ。


「もうひとりの方は大丈夫でしたか？」

走りながら右京が訊く。

「足が折れたようですが、命に別状はありません。それよりも、休暇中のところ申し訳ありませんが、力を貸していただけないでしょうか。あの男、脱獄犯なんです」

休暇中と勘違いされた右京は、あえてそれを正そうとはせず、「もちろんです」と応じ目で坊主頭の男を追った。男は白いワンボックスカーに乗りこもうとしていた観光客を引きずり倒し、運転席に滑りこむところだった。

「逃げられてしまいます。ぼくの車で追いましょう」

「お願いします」

右京の申し出に、富田はすなおにしたがった。

車を奪った脱獄犯はすでに駐車場を出ていた。目撃者によると、ウトロ方面に戻ったのではなく、いま来た道をさらに先に進んでいったという。右京はレンタカーをそちらに向けたが、すでに白のワンボックスカーの姿は見えなかった。

「水を開けられてしまったようです」

右京が冷静に状況を分析すると、富田は緊張した面持ちで応じた。

「大丈夫です。この道はカムイワッカの湯の滝の入口の少し先で行き止まりになっています。どのみち木浪《きなみ》は袋のねずみです」

「木浪というのが脱獄犯の名前なのですね？」

「そうです。木浪康宏《やすひろ》。あ、申し遅れました。私は斜里《しゃり》警察署ウトロ駐在所に勤務する富田喜代志《きよし》巡査です」

富田は緊張したまま、木浪は網走《あばしり》刑務所で服役中の凶悪犯で、今朝方脱獄して近くのコンビニの駐車場に停めてあった車を強奪して逃走した、と語った。

「木浪康宏というのはどういう人物でしょう？」

「傷害事件で何度か捕まっている元暴力団員だそうです。前回出所していくらも経たないうちにまたはでな喧嘩をやらかして、相手を重体に追いやったとか。なんでも頭を石で殴りつけたそうです」

富田が顔をしかめる。

「いまの網走刑務所は重罪犯ではなく、犯罪傾向の進んだ懲役八年未満の受刑者を収容していると記憶しています」

右京の物知りぶりに、富田が感心の眼差しを浴びせる。

「よくご存じですね。いまでも大半の方の頭の中には、網走刑務所イコール終身刑の極悪人の収容施設、という図式が定着しているみたいなのですが」

「映画などで強烈なイメージが植えつけられていますからねえ。昔は厳しい刑務所だったからこそ、白鳥由栄《しらとりよしえ》などという脱獄者も現れたのでしょう」

「昭和の脱獄王ですね。たしか生涯に四回の脱獄に成功したそうです。網走刑務所からの脱獄方法は特に奇抜で、毎日味噌汁を独房の鉄格子に吹きかけて鉄の棒を腐食させたらしいですよ」

まるでヒーローを崇めるかのように、富田が興奮気味に語る。緊張がほぐれてきたようだった。

「ところで木浪はどうやって脱獄したのでしょう？」

「網走刑務所には二見ヶ丘《ふたみがおか》農場という付随施設があり、選抜された模範囚だけが、ある程度自治が認められたそちらの農場で農作業を行えるようになっています。もちろん刑務官がついているのですが、ふつうの収容施設に比べると監視の目が行き届かないのは事実です。木浪は模範囚となって、この春から二見ヶ丘農場に回されていました。真面目に働くふりをしつつ隙を見て、刑務官に襲いかかったようです。石で殴りかかられた刑務官は、幸い命に別状はないとのことです」

まもなく舗装道路が切れ、砂利敷きの道に変わった。あまりスピードは出せないが、行き止まりであるならばあまり焦る必要もない。

ここにもトレイルランニングに反対する幟が立っていた。

「そういえば、今日はトレイルランニングが行われているそうですね」

「はい、そうなんです。全長約五十キロ、登山者であれば最低でも山中一泊しなければならない道のりを、早いランナーは八、九時間で走破するという話です。私も山登りならば多少心得があるのですが、最初は信じられませんでした」富田は腕時計に目を落とし、「さすがにまだ山の中ですね。この騒ぎに巻きこまれなくてよかった。ただでさえ、開催前から揉めていて……」

「幟を見る限り、反対している人たちも少なからずいるようですね」

「ただでさえもろい登山道が荒れてしまう可能性もあるそうで、自然保護派の人たちはトレイルランニング大会の実施に難色を示していました」

「なるほど」右京が理解を示す。「自然保護団体ですか。たしかに山道を大勢の人間が走れば、高山植物などは踏みつけられてしまうかもしれませんねえ。世界自然遺産に登録されている貴重な自然ですから、当然、自然破壊を懸念する人もいるでしょう」

「ですから、トレイルランニングの運営サイドは知床を管轄する斜里町と羅臼町に何度も足を運んで頼みこんだようです。最後はその熱意に負けたのもあるんですけど、町としては知床をもっと有名にしたいという思いもあるんですよ。自然愛好家ばかりでなく、もっとアクティブなお客さんも呼びこみたい。そういう思惑もあって、自然を壊さないという条件のもと、トレイルランニング大会の実施を決めたようです」

地元の情勢に詳しい巡査が裏事情を明かした。

「結局、反対派が折れたわけですか」

「一部の強硬な反対派は町役場にも押しかけて、最後まで計画の撤回を訴えていました」

「そうですか」

曲がりくねった砂利道をたどり、ついに終点のカムイワッカ湯の滝の入口に到着した。

駐車場とは名ばかりの路肩に十数台の車が停まっている。一番端に白のワンボックスカーが駐車位置を示す白線を無視して乱暴に駐車されていた。

「あ、あれ！」富田が鋭く叫ぶ。「さっきの盗難車です！」

右京がすばやく盗難車に駆け寄った。キーはささったままで、ドアもロックされていない。助手席のカバンは口が開いており、書類や手帳などがシートの上に散らばっていた。脱獄犯は車の持ち主の所持品を物色したようだった。

「ここまで来たものの、行き止まりだと知って、徒歩で逃げたようですね」

「しかし、この先に逃げるといっても……」

富田がカムイワッカ湯の滝入口で待機していた監視員に近づき、早口で質問した。

「失礼ですが、ここでなにを？」

「ここから湯の滝までは沢を登っていかねばなりません。少々危険を伴いますので、観光客の方に道順や沢を歩く注意事項をお伝えしています」

「何時からこちらに詰めていらっしゃるんですか？」

監視員が腕時計に目を落とす。

「午前中は私の担当なので、朝六時からずっと。あと一時間ほどでお役御免ですが」

富田は盗難車を指差し、「あの車に乗っていた男を探しているのですが、やはり湯の滝のほうへ向かったのでしょうか？」

「ああ、あの男、よく覚えていますよ。なんとなく挙動不審で、服装も……」

「脱獄犯なんですよ！」

焦れた富田が遮ると、監視員は目をぱちくりさせた。

「えっ。そうか、なるほど……だから……」

「だから、どうしたんです？」

苛立ちを隠そうともせず、富田がせっつく。

「湯の滝ではなく、硫黄山登山口のほうへ向かったんです。でも、山登りをするような恰好でもないので、どうするつもりだろうと思っていたのですが……」

車道は行き止まりになっているが、道なりに五〇〇メートルほど歩くと、硫黄山への登山口があるという。道はそれ一本しかないので、逃げこむとすると山の中しかない、と監視員は説明した。

　ここで右京が会話に割りこんだ。

「男がそちらへ向かったのは、いまからどのくらい前でしょう？」

「えっと、十分は経っていません。三分か、あるいは五分か、そのくらいだと思います」

「急いであとを追いましょう」

　急きたてられた富田は、仕立てのよいスーツに磨きあげられた革靴という右京の服装を見て、「その恰好で山を登るつもりですか？」

「ええ、急ぎましょう」

　さも当然のように言い放つ警視庁の警部に富田が呆れていると、後ろから「ちょっとすいません」と呼びかける者がいた。ウトロの街でサンプリングしていたフェニックス飲料のロゴが入ったポロシャツを着た四十歳がらみの健康そうな男が、心配そうな表情で立っている。

「いまの会話が耳に入ったのですが、硫黄山に脱獄犯が逃げこんだというのは本当でしょうか？」

　富田が答えあぐんでいると、男が続けた。

「田村暁生《あきお》といいます。実はいま知床連山ではトレイルランニングの大会が開かれていまして」

「知っています」と右京。「あなたは主催者側の方ですね？」

「はい。JECの運営チーフをやっています。危険人物がコースに入ったのであれば、レースを中止しなければなりません」

不安そうな田村に、右京が告げた。

「脱獄犯がここで車を乗り捨て、山に逃げこんだようです。すぐに中止していただけますか？」

「わかりました」

田村は短く答えると、無線機を取り出してきぱきと指示を与えた。指示が伝わったのを確認し、右京と富田に向き合う。

「羅臼岳の山頂直下にある羅臼平《だいら》というところに、関門とエイドステーションがあり、運営スタッフが詰めています。いま、そのスタッフにレース中止の連絡をしました。まだ関門を通過していないランナーはその場で止めて、岩尾別《いわおべつ》登山道からウトロへ下山するように伝えました。そのほうがショートカットできますので。スタッフも同じ道で下山します」

「それはよかった」

「しかし、すでに十一名のランナーが通過してしまっています。彼らには危険を知らせる手段がありません。私もあなたたちに同行させてもらってよいでしょうか」

田村が真剣な顔で富田に訴えた。

「しかし、民間人を危険にさらすわけには……」

「いや、その民間人が危険にさらされているからこそ、責任ある立場の人間が必要なんです。それに私はコースの下見に行っていますので、ルートを熟知しています。硫黄山から知円別《ちえんべつ》岳にかけては足場も悪く、崩れやすい。案内役はいたほうがいいでしょう?」

たしかに山に慣れた案内役はいたほうがよい。富田と右京は田村の同行を認めた。午前10時55分、三人は硫黄山に登りはじめた。

2

9時。

大坪勇は羅臼岳の山頂直下の岩肌に取りついていた。トレイルランニングは山道をひた走るスポーツであるが、さすがにこれほどの急勾配になると、走るのは難しい。一歩一歩、慎重に足を運び、山頂を目指す。

一般の登山客ならば数歩歩いてはひと休みするような山道を、休むことなくただただ登っていく。履いているのは登山靴ではなく、トレイルランニング用に開発されたシューズだ。見た目はランニングシューズのようだが、ソールに凹凸があってグリップ力が優れている。クッションも効いていて、足への負担が少しでも軽減できるようになっていた。

ようやく山頂に立った大坪は追手を確認した。二番手の選手との差は二十メートルほどしかない。

休む間もなく、急勾配を下る。大坪は下り坂を苦手にしていた。長くレースを続けてきたために、膝に爆弾を抱えているのだ。

急がなければ、下りで追いつかれてしまう。今日はなんとしても優勝しなくてはならない。

「ほら、行くぞ!」

大坪は自分を叱咤《しった》しながら先頭を守っていた。

＊

その数時間後——。

硫黄山の登りは予想以上に険しかった。富田は登るのに精いっぱいで、口を開くのも辛そうだった。一方、田村はまったく平気なようで道すがら今回のレースについて説明をしていた。

ＪＥＣというのはジャパン・エンデュランス・チャンピオンシップの略で、全国各地で年間に八回開催されるトレイルランニング・レースでの通算成績を争うシリーズ戦である。知床大会はその第四戦にあたり、今回はじめて実施するコースとなる。第三戦までのところ、大坪勇というスター選手が総合ランキングでトップに立っており、若手の藤本稔《みのる》が二位につけ、さらにベテランの野間公平が僅差でそれを追う展開となっている。

第四戦の知床ラウンドのコースは最初の羅臼岳までの急登こそ厳しいが、関門を越えてしまえば、あとは比較的なだらかで走りやすいという。後半の難所はいま右京たちが登っている、この斜面だった。硫黄山からの下りは勾配がきつく、足場も悪いところが多いので、スピードが出しづらい、と田村は解説した。

「こんな山道を全力で走って、けが人は出ないんですか？」

呆れたような口調で富田が問う。登山には多少の心得があるわりに、すでに額は汗まみれだった。

「ふつうの登山でも日本で年間三千人近くが遭難しているって知っていますか。なんと、その一割ほどが死ぬか行方不明になっているんですよ。登山は元来危険を伴うスポーツなんです。中高年の登山ブームとやらで、ろくに経験のない人間が日本アルプスや北海道の山などに押しかけているから、そんな事態を招くんです。一方、トレイルランニングの参加者はみな、練習を積んだアスリートです。反射神経にも、判断力にも優れています。事故発生率は一般登山者よりも少ないと思いますよ」

田村が明るく応じたが、富田には強弁に聞こえた。

「聞くところによると、登山客との間でトラブルになるケースもあるそうですねえ」

右京はトレイルランニングについてもある程度の知識を有していた。

「たまにありますね」田村が渋い顔で認める。「実は昨日も羅臼岳で、練習中のトレイルランナーと女性登山客の間でちょっと揉めごとがありました。両者はスピードがまったく違うので、道を譲れ、いや譲らないと揉めることがあるんですよ。ランナーにはあくまで登山客の邪魔をしないように注意しているんですがね……」

三十分ほど登ると硫黄のにおいが鼻をつきはじめた。田村によると、近くに新しい噴火口があるのだという。手で鼻を覆い、なるべく硫黄臭を嗅がないようにして歩いていると、一般登山客と思しき初老の男性がうずくまっているのに出くわした。

「どうなさいましたか？」

富田が警察手帳を掲げて質問すると、初老の男性は心の底からほっとした顔になり、水を所望した。田村が差しだした〈フェニックス・ドリンク〉をひと息で飲みほした男性は、つい十分ほど前に遭遇した恐怖のできごとについて語った。

初老の男性は昨日から一泊二日の日程で知床連山を縦走し、硫黄山から下ってくる途中だった。岩場で滑らないように慎重に足を運んでいるときのこと、いきなり体格のよい男が現れ、背後から羽交い締めされたという。体力の差が歴然としており、まったく抵抗できなかった。男は食料や水筒、雨具などの入ったザックと身に着けていたブルーのマウンテンパーカー、それにトレッキングポールを奪うと、そのまま大急ぎで硫黄山へ登っていったという。

追い剝ぎの正体は木浪に違いなかった。約十分の遅れはあるものの、右京たちは確実に脱獄犯を追っていることがわかった。硫黄山へ踏み入る前、富田は斜里署に連絡し、援軍を要請していた。男性登山客に、しばらく待っていれば別の警察官がやってくるのでそれまでここを動かないようにと言い含め、三人は再び登りはじめた。急な岩場を過ぎて、ハイマツ帯の中を通る細い踏み分け道に入ったあたりで霧が出はじめた。

「まずいな」田村が立ち止まり、風向きをチェックした。「予報にはなかったのに、南から暖気が流れこんできたようです。知床は霧の出やすい地域なんです。霧が多いのは南の羅臼側ですが、すでに中央の山脈を越えて北側へも流れこんできています。急いだほうがいいですよ」

とはいえ、道は次第に悪くなるばかりだった。ハイマツ帯を抜けると、いったん沢に下りなければならない。涸れ沢にはごろごろとした石が無数に転がっている。登山靴を履いていても足を取られやすい場所である。革靴の右京はもちろん、ウォーキングシューズを履いた富田ですら苦労しながら登るはめになった。

田村を先頭にして沢を登りつめ、さらにガレ場を進む。ようやく硫黄山の山頂に到着した。時刻は13時51分。登りはじめてから三時間が経過していた。

その間に霧はますます濃くなっていた。南風に乗って、霧が次々と流れこんでくるのだ。稜線に立つと視界は十メートルも利かない。せいぜい五メートルだろうか。これ以上追跡するのは危険と判断し、山頂の広場で霧が晴れるのを待つことにした。

するとまもなく、霧の中から人影がひとつ浮かびあがってきた。すわ脱獄犯かと身構えたが、現れたのはランニングウエアにトレランシューズという軽装の男だった。胸と、背中にかついだ小さなザックに「3」のゼッケンが確認できた。こんなところに人がいるとは思っていなかったらしく、右京たちを見て驚いている。

田村が「野間くん！」と呼ぶと、トレイルランナーはようやくJECのスタッフに気づいたようだった。この大柄な男がJECで三位につけている野間公平、と右京は頭の中にメモした。

「わっ、びっくりした。どうしたんですか？」

「野間くん、危険なのでレースを中止にしようかと思ってな」

「そうなんですか。せっかくここまで頑張ってきたのに」

悔しそうに天を仰いだ男はザックからタオルを出して、汗を拭いはじめた。

よく見ると右京はこの選手の顔に見覚えがあった。〈フェニックス・ドリンク〉のテレビコマーシャルにこれまで出ていた二人組のひとり――水しか持っていないほうの男だった。田村によると〈フェニックス・ドリンク〉を飲んでいたもうひとりはスター選手の大坪勇だそうだ。

「途中で男とすれ違いませんでしたか？　おそらく青いパーカーを着て、トレッキングポールを持っていたはずなんですが」

富田が急きこむように訊く。

「霧で顔や服装はあまりよくわかりませんでしたが、ふたりほど会いましたよ。ひどい話で、そのうちひとりはトレッキングポールでいきなり殴りかかってきたんですよ」

三人の間に緊張が走る。

「木浪か！」

思わず富田が口走る。

「誰ですか、それは？」

「実はいまこの山には脱獄犯が潜入しているんだ」

田村が簡潔に事情を語ると、野間は顔色を失った。右京がトレイルランナーに向き直る。

「襲われたのはいつの話ですか？」

「どうだろう。硫黄山へのきつい登りがはじまる前だったから……いまから十分くらい前だったと思いますよ」

「けがはありませんでしたか？」

「ポールが背中に当たり、痣《あざ》ができていると思います。それに殴られたはずみで転んでしまいましたが、大きな負傷をしたわけではありません」

――13時41分前後、野間、木浪（？）に襲われる。

頭のメモに追記する。

「ふたりとおっしゃいましたね。もうひとりは？」

「その二、三分あとですかね。こちらは痩せてひげを生やした男の人で、『硫黄山はこちらだ』と親切に教えてくれました」

――13時43分頃、野間、痩せたひげ男と会う。

右京のメモが増える。

そこへ、軽い足音が聞こえ、次のランナーが霧をかき分けて到着した。小柄な体格で、年齢は野間よりひと回りほど下に見える。ゼッケンは「2」。

「藤本、無事だったか」

田村が声をかけると、霧で用なしとなったサングラスを頭に載っけたトレイルランナーが安堵の表情になった。

　この男も右京は知っていた。ウトロでキャンペーンガールがサンプリングしていた場所に貼られたポスターにその整った顔写真が使われていたのだ。このハンサムな若い男がJEC現在二位の藤本稔だった。いかにもスポーツマンらしく爽やかで精悍な顔をした大坪は、最新のポスターにも藤本と肩を組んで写っていた。

「田村さん、助かりました。この霧じゃ、レースの続行は難しいんじゃないですか？」

「ああ、中止だな。実はな……」

　田村が事情を話す。藤本は啞然としてそれを聞いていた。

　右京が野間に対してしたのと同じ質問をする。藤本は痩せたひげ男は五分ほど前に抜いたが、トレッキングポールを持った男には出会わなかったと証言した。

　──13時45分頃、藤本、痩せたひげ男と会う。

　続いて現れたのは還暦前後と思われる痩身の男だった。立派なひげを蓄えている。あまり大きくないザックを背負い、首から双眼鏡を提げている。トレッキングポールは持っていなかった。男は箕田《みのだ》武馬《たけま》と名乗り、日帰りで硫黄山まで登り、これから下山するところだと言った。

　右京が野間と藤本に目で合図すると、ふたりは同時にうなずいた。メモの「痩せたひげ男」が箕田という固有名詞に置き換わる。

箕田は野間と藤本以外には会っていないと証言した。

霧は晴れる兆しがなかった。JECでトップにつけている大坪は今日は遅れているのだろうか。右京がそんなことを考えている間にも後続のランナーたちが次々にやってくる。誰も青いパーカーを着た男は見ていないという。木浪はどこへ消えたのか。まるで頭の中に霧がかかったように謎が深まっていく。

山頂に到着したのはランナーばかりではなかった。黄色のパーカーを着て大きな荷物を背負った女性登山客もひとりやってきた。鹿島美恵子というそのベテラン登山者は、昨日羅臼から羅臼岳を登ったあと三ツ峰、サシルイ岳と縦走し、オッカバケ岳の近くの二ツ池キャンプ地で一泊。今朝は南岳、知円別岳を経て、ここ硫黄山まで歩いてきたという。トレイルランニングのコースを一泊二日の日程で単独の山歩きを楽しんでいたのだ。

また南風が吹き、さらに霧が深くなってきた。いつしか硫黄山山頂の広場はぎっしりの人であふれている。

「この先、下山は危険です。今回のレースは中止にします」

田村が告げるたびに、到着したランナーは複雑な感情が混じった声をあげた。途中で打ち切られて残念と不平を漏らす者もいれば、中止になって助かったと胸を撫で下ろす者もいる。極限状態で走ってきたのを強引に止められて思考停止状態になり、ぽかんとしてしまう選手も多かった。

「もしかしたら、大坪は途中棄権したのかもしれません」

田村がやってきて、いつまで経っても現れないスター選手を気遣いながら、右京の耳元でささやいた。

「たしかに遅過ぎるようですね」

いまやランナーの数は十人となっていた。田村が関門で待機しているスタッフにレースの中止を連絡した時点で、十一名の人間が関門を通過していた。つまり、無事に関門を通過できた選手のうち、大坪を除く全員がすでにこの広場にたどり着いたわけである。その十人に右京と富田と田村、さらには箕田武馬と鹿島美恵子を加えた十五人がこの広場で待機していた。

右京が手を叩いて、みんなの注目を引きつけた。

「みなさん、落ちついてください。警視庁特命係の杉下といいます。こちらは斜里警察署ウトロ駐在所の富田巡査です。田村さんからご説明があったように、今日、網走刑務所から受刑者が脱走しました。受刑者はどうやら硫黄山のほうへ逃げこんだと思われます。というのも、ここまで登ってくる途中で男性の登山者がザックと青いマウンテンパーカー、トレッキングポールを奪われています。みなさんの不安を招かないよう、これまで黙っていましたが、そういう緊急事態です。レースの中止はすでにお伝えしていますが、霧が晴れて援軍がやってくるまで、どうかこの場を動かないようにご協力をお願いします」

広場に集まっていた一同の間にざわめきが起こる。刑事の口から改めて語られた「脱獄犯」の一語が落とした波紋が広がっていく。

「危険はないんでしょうか？」

鹿島が不安な顔で訊いた。

「ここで全員一団となっている間は大丈夫でしょう。ですから単独行動を慎むようにお願いします」

14時30分、知円別岳への登山道のほうから、複数の人間の声が聞こえてきた。何人かでまとまって登山道をたどってくるようだ。

現れたのは田村と同じデザインのポロシャツを着て、その上からおそろいのジャンパーを羽織った男女三名だった。三名は関門に詰めていた運営スタッフであった。

「どうしてこっちへ来たんだ？　羅臼平から岩尾別登山口に下りるはずじゃなかったのか」

責めるような口調で田村が言う。男性スタッフ二名はうつむいたが、若い女性スタッフは承服できないようすで言い返した。

「田村チーフから中止の連絡を受け、まだ関門を通過していなかった選手については、岩尾別ルートを下山してもらいました。そちらにも三人のスタッフをつけています。私たちはこちらの尾根筋をたどって、レースの途中で事故などに遭って取り残されている人がいないか、確認しながら走ってきました。もちろん脱獄犯は怖かったので、スタッフ三人は離れないようにして、声を出し合いながら。その判断は間違っていたでしょうか？」

「そうだったのか。すまん。正しい判断だったと思うよ」

田村が謝る。

「あなたにおうかがいしたいのですが」

右京の視線は田村を言いくるめた勝ち気そうな女性スタッフに向いていた。

「わたしですか？」

女性は笠井玲奈《れな》と名乗った。富田巡査と同じくらいの年齢に見える。ここにいるスタッフの中では一番若いが、さきほどの田村に対する態度からも明らかなように、勝ち気な性格のようだった。

「羅臼平からここまで来る間に、誰かの姿をご覧になっていませんか？」

「脱獄犯のことですか？　会いませんでした。もしかしたら、わたしたちの気配に気づいて、身を隠したのかもしれませんけど」

「トレイルランニングの選手ではどうでしょう？　途中でうずくまっている人などいま

せんでしたか？」

「いえ、誰にも会っていません。霧で見通しが利かないところが多かったのは事実ですが、こちらには三人の目がありましたから、誰かいれば、見逃したりはしていないと思います。でも、どうしてそんな質問をなさるんです？　まだ到着していない選手がいるんですか？」

「はい。実はまだ大坪勇さんがいらしていません」

「嘘っ！」

玲奈が両手を口に当てる。

「本当です。もしかしたら羅臼平の関門で引っかかって、岩尾別側に下られたのでしょうか？」

「まさか。勇さん……大坪さんは今日も先頭グループを走っていました。わたしはエイドステーションにいましたが、関門通過の時点では野間さんや藤本さんと競り合っていたのを覚えています。そうですよね？」

玲奈は関門で一緒だった二名の男性スタッフに同意を求めた。ふたりはそろって首肯した。

「そうですか。そして、ここへ来る途中にも、大坪さんを見かけてはいらっしゃらないのですね？」

「もちろん見ていません」玲奈は即座に否定すると、「先頭で通過したのを、あなた方が見逃したんじゃないですか？」

「私たちは会ってないな」

田村が簡潔に答えると、玲奈は顔全体を手で覆った。やりとりを聞いていた藤本がことばを挟んだ。

「ぼくも関門を過ぎてしばらくは大坪さんと野間さんにくらいついていましたが、サシルイ岳あたりからふたりにじりじりと引き離されました。焦っているのか、大坪さんは珍しく何度か転倒していましたが、それでもスピードは落ちませんでした。最後に後ろ姿を見たのが、南岳の斜面かな。その時点ですでに五〇〇メートルくらいは差をつけられていました。だから当然、早々と下山されたのかと思っていました」

「俺もまったく同じように考えていた」野間が藤本の証言をあと押しする。「俺はなんとか知円別岳までは大坪さんの背中が見える位置にいたが、そこから先は霧が出てきたせいもあって、見失ってしまった。あの人のことだから、とっくに硫黄山を下ったのかと思っていたのに……」

右京が険しい表情になる。

「妙ですね。ぼくたちが登ってくるとき、霧はまだかかっていませんでした。霧が流れこんできたのはハイマツ帯にかかってから。ハイマツ帯の中は人ひとりがようやく通れる程度の細い道、続く涸れ沢も谷底を歩くので人とすれ違って気づかないなど考えられません。最後は譲り合わないかぎりすれ違うこともできなそうなガレ場の一本道です」

「どういうことですか？」

玲奈の声がうわずっていた。

「どうやら大坪さんは行方不明のようです」

右京に続けて、富田が言った。

「脱獄犯の木浪康宏も」

時刻は14時45分。濃霧に包まれて登ることも下りることもできない知床連山は、このとき巨大な密室になっていた。その巨大な密室のどこかに大坪と木浪はいるはずだった。

3

10時45分。

大坪勇はサシルイ岳とオッカバケ岳の間の尾根筋を快調なペースで走っていた。羅臼岳からの下りで失速したせいで、羅臼平の関門では二位の野間に完全に追いつかれ、三位の藤本にも迫られたが、その後の比較的なだらかな道でふたりとの差をじりじり離しつつある。この調子で硫黄山までに差を広げなければならない。

それにしてもエイドステーションでの給水トラブルにはびっくりした。あわやレースを棄権せねばならない事態に追いこまれそうになったが、野間に助けられた。あそこで野間がいなかったら、どうなっていたことか。持つべきものはよいライバルだ。

だからといって、このレースを野間に譲るわけにはいかない。この知床ラウンドは大坪が田村に無理を言って実現したレースだった。このレースにだけはどうしても勝たねばならない。

膝の調子は万全ではない。だからといって手加減するつもりはない。このレースに優勝できるのならば、たとえ両膝が使い物にならなくなっても悔いはない。

大坪は歯を食いしばって、さらに加速すべく、ギアを一段階上げた。

＊

その四時間後――。

脱獄犯がどこかに潜んでいるという情報は硫黄山山頂に集まる一同を震え上がらせた。大坪の姿がここにないことも不安をかきたてる要因となり、山頂広場にはただならぬ緊張感が張りつめていた。

「みなさん、心配なのはわかりますが、落ちつきましょう。別に脱獄犯の木浪は無差別殺人鬼ではないのですから」

富田喜代志巡査がなんとかこの場のムードを和らげようと苦慮して放ったひと言が、かえって裏目に出た。

「相手はせっぱつまった犯罪者。なにをするかわかったもんじゃないですよ」

野間が反論ののろしを上げると、藤本と田村が追随した。

「実際、登山者が持ち物を奪われたわけでしょう。ぼくたちだって標的にならないとは限らない」

「むこうは脱獄した時点で、自暴自棄になっているはずです。生き延びるためなら、なんでもするでしょう。われわれを人質にとれば、交渉材料を手に入れることができるわけですから」

にわかに場がざわつきはじめた。玲奈がみんなの心中でくすぶっていた思いをことばにした。

「大坪さん、脱獄犯に捕まってしまったのかしら……誰も彼を見ていないの？」

涙声での呼びかけに答える者は誰もいなかった。沈黙の中、玲奈が肩を震わせて泣きだした。

「まだ決めつける必要はありません。きっとどこかで元気にしていますよ」

本人がそう信じていないせいだろうか、富田の励ましは気休めにしか聞こえなかった。玲奈のすすり泣きの声が大きくなる。そこに風音が加わった。ごおっという音が玲奈の声をかき消した。冷たい空気が広場を通過していく。

「北風ですね。風向きが変わりました」

田村が指摘したとたん、見る見る霧が晴れてきた。南にある暖気のあと押しを得て知床半島を包みこむようにして襲いかかっていた霧の怪物が、北風の反撃を受けてその触手を少し引っこめたかのようだった。

「いまがチャンスです。大坪さんと木浪を捜しにいってきます」

指で空気の流れを確認しながら、右京が宣言した。

霧が薄くなったおかげで、改めて全員の顔が見とおせるようになった。不安そうに右京を見つめる者、周囲に目を走らせる者、達観したようにたたずむ者……ひとりひとりの胸の内にはさまざまな感情が渦巻いているようだった。

右京はウトロ駐在所の巡査とＪＥＣの運営チーフに目配せをし、「富田さんはここに残って、みなさんの安全を確保してもらえますか。田村さんはぼくと一緒に来ていただけませんか」

ふたりがうなずくのを待って、右京が一同に言い渡す。

「風向きはまたいつ変わるかもわかりません。下りはじめてから霧に巻かれると大変危険です。申し訳ないですが、みなさんはまだしばらくここでひと塊になって待機しておいてもらえますか。万が一の場合に備えて、富田巡査を残していきますので、心配はありません」

「わかりました」残る一同を代表して野間が言った。「こちらは男がたくさんいるので、大丈夫です。刑事さんこそ気をつけて行ってきてください。ぜひ、大坪さんを見つけてください」

箕田武馬から双眼鏡を、鹿島美恵子からトレッキングポールを借りた右京と田村は、硫黄山山頂から知円別岳に向かって歩きはじめた。岩場を慎重に下り、尾根筋を南東方向へ歩く。二〇〇メートルほど進んだところで、右に分かれる細い脇道が現れた。分岐点には、矢印とともに〈硫黄山・ウトロ方面〉という手書き文字が記された道しるべが立っている。矢印はいまふたりが歩いてきた北西方向を指していた。

「右の道はどこへ行くのでしょう?」

疑問を呈する右京に、田村が応じる。

「この先が第一火口というキャンプ地です。硫黄山の昔の火口らしいのですが、いまは小さな空き地になっています」

「こちらに迷いこんだのかもしれませんね。行ってみましょう」

右京が提案し、ふたりは脇道をたどることにした。

脇道はそう長くはなかった。数百メートル一気に下ると開けた場所に出、行き止まりになっていたのだ。

「これ以上は進めないようですね」

右京のことばに、田村が箕田から借りてきた双眼鏡を目に当てる。

「踏み分け道があるにはありますが、ぬかるみになっていて、少なくとも新しい足跡はありません。おや、あれはなんでしょう?」

広場の隅に金属製のゴミ箱のような構造物が設置してあった。近寄ると、「フードロッカー」と表示されたプレートがついている。

右京が田村の質問に答える。

「テントを張って宿泊するときに、この中へ食料を入れておくのですよ。そうすれば、もしヒグマが出没しても、テントには近づくことはありません。ヒグマは大変鼻の利く動物ですからねえ」

「刑事さんはヒグマについて詳しいんですか?」

感心する田村に、右京は曖昧な笑みで応えた。

「ここには誰もいないようですねえ」

見渡す限り、どこにも人影はなかった。ふたりはUターンして元の登山道へ戻ることにした。帰りは登りなので、どうしても足取りが重くなる。

分岐点にたどりついた瞬間、右京が声をあげた。

「田村さん、あそこです!」

伸ばされた腕の先に目を向けた田村の口から、思わず「うわっ」という声が漏れた。急な斜面の下に男が横たわっていたのである。場所は脇道の付け根の南、つまり知円別岳側だった。人が隠れられそうな大きな岩で死角になり、さきほど脇道に曲がったときには見えなかったらしい。

右京が双眼鏡で覗く。

男はランニングウエアを身に着けていた。胸のゼッケンは「1」。浅黒い精悍な顔は、スポーツドリンクのコマーシャルでおなじみだった。大坪勇で間違いない。

「大坪さんのようです」

双眼鏡を受け取った田村も、自分の目で確認した。

「大坪、大坪！」

ぐったりと横たわる男に向かって呼びかけても、まったく反応がなかった。ぴくりとも動かない。

「残念ながら、すでにお亡くなりになっているようです」

死体は見慣れている右京が厳粛な声で告げる。JECの運営チーフは目を閉じて、唇を強く噛んだ。

「なんてこった……ここから足を滑らせたのでしょうか？」

ふたりのいる登山道から大坪の落下地点まで十メートルほど高度差がある。周りは硬そうな岩がごろごろしており、どれかひとつに頭をぶつけただけで致命傷になってしまうだろう。

「その可能性はありますが、即断は禁物です。あそこまで下りるのは難しそうですが、近づいてみましょう」

「ここからですか？」

田村が尻ごみするのも無理はなかった。大坪が落ちた急斜面は、断崖と呼んでもよいくらいに切り立っていたのだ。斜面の途中にあるのは安定の悪そうな岩石ばかりで、木の一本さえも生えていない。ザイルもない状態で大坪の落下地点まで到達するのは、熟練したロッククライマーでもなければ難しそうだった。

「せめてあれは回収したいですね」

右京が指差す先に小さなザックがあった。斜面の途中に突き出た岩に引っかかっている。「1」のゼッケンがついているのがわかる。こちらは登山道から三メートルくらい下だった。

「大坪のザックですね」

「ええ。どうにかしてあそこまで届かないものでしょうか」

「棒といえば、これしかありません」

田村が差しだしたのは美恵子から借りたトレッキングポールだった。先端付近がわずかに湾曲していた。

「もっと長い棒でもあれば……」

田村が周囲を見回すが、役に立ちそうなものはなにも落ちていなかった。

「田村さん、ベルトをなさっていますね？」

「えっ？」

「それを使いましょう」

「あ、なるほど」

右京の意図を理解した田村がベルトをはずして、右京に渡した。

「田村さんのほうが体格がよいので、こちらの端を持って支えておいてください。ぼくがもう片方の端をしっかり握って、斜面を下ります。その体勢でトレッキングポールを伸ばせば、なんとか届くのではないでしょうか」

田村が呆れた。

「本気ですか。その靴では厳しいと思いますよ」

「では、こうしましょう」

右京はまず上着を脱ぐと、次にためらうようすもなく靴を脱ぐ。靴下だけで崖のような急斜面に挑戦しようという心意気に、田村は右京の本気度を感じ取った。

「そこまでおっしゃるのならばお願いします。どうか大坪の遺品を回収してやってください」

田村はすぐそばにあった大きな岩に左手を回し、右手でベルトの端を握った。右京も右手でもう一方の端を強く握りしめると、そろそろと斜面へ足を伸ばす。

右京が崖の縁に座り、ゆっくりと体重移動をおこなう。次の瞬間、ベルトがぴんと張り、田村の右手にテンションがかかった。ベルトも丈夫だった。右京が斜面に身を投げだしたのだ。

田村は見かけどおり力が強かった。ベルトも丈夫だった。右京は安心して身をまかせ、左手のトレッキングポールを斜面の途中に引っかかったザックへと伸ばした。

先端がかろうじて届くが、位置が悪い。ポールの先端についたバスケットという円形の笠のような部分を、ザックの肩ベルトに引っかけたいのだが、そこまでは届いていないのだ。下手につついてザックそのものを落としてしまったら、元も子もない。

いったん作業を中止し、右京は大きく二回深呼吸した。トレッキングポールのグリップの先端を握り直し、再び左手を思いきり伸ばす。

ベルトを握る右手が震えているのがわかる。いま手を放してしまえば、大坪の二の舞となってしまう。

右京の目が自然と大坪に吸い寄せられる。大坪はかっと目を見開いたまま死んでいた。この角度からだと額からかなりの出血が確認できた。

目を遺体から転じ、左手に集中する。

今度はうまく肩ベルトの輪の中にポールの先端を入れることに成功した。細心の注意を払い、バスケットにベルトを引っかけた。そのまま持ち上げようとするが、グリップの先端を不安定に握っているせいで、重くて上がらなかった。田村に引き上げてもらうしかない。

「田村さん、すみません。このまま引っぱり上げることができますか？」

「やってみます」

綱引きの要領で、田村が少しずつあとずさりしはじめた。それにしたがって右京が徐々に引き上げられる。もう少しというところで、右京はポールのバスケットが肩ベルトから抜けそうになっているのに気づいた。渾身の力をこめてポールを振り上げる。ザックは空中で弧を描き、見事崖の上に着地した。

田村がさらに引っぱって、右京はなんとか無事に生還した。

右京が放り投げたザックは田村の横に落ちていた。田村が立て続けにくしゃみをする。引き上げてもらう途中でなくてよかった、と右京はほっと息をついた。

「やりましたね」

まだ鼻をむずむずさせながら、田村が拍手をした。右京が田村のところまで歩み寄る。

「開けてみましょう」

ためらうそぶりも見せず、右京がザックを開けた。中身はそれほど多くはなかった。

タオルにレインウエア、ヘッドランプ、スマートフォン、巾着袋、それにクマの絵が描かれたスプレーだけしか入っていない。

「熊撃退スプレーですね」右京は裏側の表示を確認し、「やはり、アメリカ産です」

「それがどうかしましたか」

右京は「いや、別に」とぼかして、「ここに1と書かれたシールが貼ってあります。ゼッケンと同じ番号のスプレーを渡されているのでしょうか」

トレイルランニング大会の運営チーフは右京の洞察力に感心した。

「よくおわかりですね。知床はヒグマの多い場所ですから、大会本部が選手ひとりひとりに持たせています。特に最近は目撃情報も多いみたいなので。このスプレー、レンタルなんですけど、けっこう高いんですよ」

「多くの人が通ればヒグマも接触を避けるでしょうが、万が一ということはありますからねえ。適切な判断だと思います。ところで、その巾着袋の中身はなんでしょう？」

「これですか」

弁当箱が納まるくらいの大きさの布製の巾着袋だった。田村が袋のひもをほどき、中を覗きこむ。

「キャンディ、チョコレート、栄養補給用のゼリー飲料……」

そのリストを聞いて、右京がうなずいた。

「行動食ですか。相当な運動量でしょうから、栄養補給が必要なのは理解できますが、それにしてもずいぶんたくさん持っているのですねえ」

「知床ラウンドではエイドステーションを一箇所しか設置しなかったので、足りない分は自分で持ち歩くしかないんですよ」

「エイドステーションというと、水分やカロリーを補給する場所ですよね。いわゆる給水所。それが一箇所しかないというのは少ない気がします」

右京の鋭い指摘に、田村が顔を曇らせた。

「世界自然遺産内に建造物は建てられないとかで、必要最小限の設備しか準備できませんでした」

右京が田村から巾着袋を受け取り、自分の目で検《あらた》めた。田村がリストアップしたとおり、未開封のチョコレートやゼリー飲料などが入っている。開封したあとのパッケージなどのゴミも一緒に放りこんである。それらをかきわけると、一番底からビロード張りの小箱が出てきた。静かに小箱を開けた右京の目がきらりと輝いた。

続いて右京はスマートフォンを取り上げた。革製のカバーで覆ってあり、一見手帳のようである。スマートフォンは無事だった。待ち受けの液晶画面が現在の時刻、15時20分を示している。

「田村さん、もう一度、お願いできますか」

右京がベルトを指差した。

「まだなにか？」

「双眼鏡で遺体をよく観察したいと思いましてね」

警察というのはつくづく大変な職業だ。とても自分には勤まりそうにない。そんな思いを巡らせながら、田村がさきほどと同じように左手を岩で固定し、右手でベルトの端を握った。今度はトレッキングポールではなく双眼鏡を片手に、右京が急斜面に宙吊りになった。

不安定な体勢で右京が双眼鏡を目に当てる。大坪の額からはかなりの出血があるが、近くに血の付着した石などは確認できなかった。両足の膝とふくらはぎにはしっかりテーピングが施されているのが認められる。左腕のアナログ式の腕時計はガラスにひびが入っており、針は13時54分のまま止まっていた。

「もうけっこうです」という声を合図に、田村が右京を引き上げた。右京はスーツの上着の皺を伸ばすと、なにごともなかったかのように腕を通した。

「なにかわかりましたか？」

「落下の際に衝撃を受けたのでしょう。腕時計の針が止まっていました。13時54分のままでした」

「一時間半くらい前ですか。それが大坪の滑落した時刻なのでしょうか？」

「そう考えてよいと思います。ぼくたちが硫黄山の山頂に到着したのが13時51分でした。その直後に大坪さんはお亡くなりになったようです」

田村が再び悲痛な表情になった。

「事故でしょうか、それとも脱獄犯が？」

「なんとも言えません。13時にはすでに南風に乗って霧が流れこんでいました。足元を誤って転落した可能性はあります。もちろん人為的な事件の可能性も捨てきれません。遺体を回収して調べることができれば、もう少し確実なことが言えるのでしょうが、ぼくたちだけでは難しいですね」

田村が不安そうに周囲をきょろきょろと眺め回した。

「脱獄犯は不案内な山の中で、どこに姿を隠しているのでしょう？」

「それはわかりませんが、ぼちぼち硫黄山へ戻ったほうがよさそうです」

右京が目線で南の尾根を示す。知円別岳の頂上部を深い霧が覆っていた。その霧がこちらへ向かってたなびいてくる。再び南風が吹きはじめたのだった。

硫黄山へ戻る道すがら、右京が質問した。

「大坪さんとのおつきあいは長かったのですか？」

「トレイルランニングは外国ではそれなりに歴史がありますが、日本では比較的新しいスポーツです。私はアメリカのウエスタンステイツという一〇〇マイルレースに参加したのがきっかけで、トレイルランニングにはまり、なんとか日本でも流行らせたいと考えるようになりました。そんなときに私よりも三歳年下の大坪に出会いました。彼もウエスタンステイツに参加し、トップ10に入る好成績をおさめたんです」

「一〇〇マイルというと、一六〇キロメートルですか。山道の一六〇キロは気が遠くなるような距離ですねえ」

「それでも大坪は初参加で二十四時間以内に完走しました。私よりもはるかにはやい記録です。私はトレイルランニングの楽しさをわかってもらうために、日本各地を回って講習会を開き、資金を集めて小さな大会を開くようになりました。そんなとき、大坪には必ず同行してもらい、レースに参加してもらいました。賛同者が少しずつ増えてきてからは、私自身は選手の道を諦め、トレイルランニングの普及と大会の運営に専念するようになりました。大坪というスター選手がひとりいれば十分だったからです。苦労したおかげで、いまやトレイルランニングもかなり知名度が高まってきました。野間くんや藤本など有力選手も出てきて、ようやくシーンが活気づいてきた気がします」

視線をかなたへ向けて、田村が回想した。

「あなたと大坪さんは、二人三脚でここまでやってこられたのですねえ。大坪さんは膝とふくらはぎにテーピングをなさっているようでした。かなり無理をされていたのではないですか？」

「そうなんですよ。大坪はトレイルランニングというスポーツをここまで有名にしてきた立役者です。長きにわたって体を酷使してきたせいで、いろんなところにダメージが来ていました」

「過酷な競技ですからね」

右京が合いの手を入れる。

「ええ。大坪はルックスもよいので、フェニックス飲料がスポンサーについていました。彼はスポンサーのためにも勝ち続けねばならないと自分を追いこんでいました。勝ち続けることでトレイルランニングをメジャーにし、世間に広めようとしたんです」

「責任感の強い方だったのですね」

「プレッシャーは想像以上だったと思います。ときには少々無謀な走り方をして、選手仲間から睨まれるようなケースもありましたが、彼としては負けるわけにはいかないという思いが強かったのでしょう。ぼろぼろの体に鞭を打ち続けてきて、最近はぼちぼち後進に道を譲りたいなんて愚痴を漏らしていました。それもしかたないと思いますよ。できればちゃんとした形で引退させてやりたかった。それがこんなことになろうとは……」

田村がことばを詰まらせた。

少しずつ霧が押し寄せる中、ふたりは無言で硫黄山の山頂を目指した。

4

13時。

知円別岳のピークを目前にした斜面で足がもつれ、大坪はよろけるように転倒した。今日はこれで三回目の転倒だった。

大坪は元来、足腰の強さに定評のある選手だった。それなのに今日はどうしたことだろう、自慢の足が思うように動いてくれない。

いや、動いてはいるのだ。その証拠に、知床連山の縦走路に入ってから、二位の野間、三位の藤本との差は広がる一方だった。体はいつもより軽い気がする。その分、地に足が着いていないというか、大地をしっかり踏みしめている感覚が乏しいのだ。

膝の故障は想像以上に深刻なのかもしれない。神経が麻痺しているとすれば、きちんと専門医に診てもらうべきだろう。

だが、それはレース後の話だ。いまはそんなことを言ってもしかたがない。転倒しようがどうしようが、とにかくゴールまで走り抜いて、レースに勝たねば意味がない。

両手を付いて立ち上がった大坪は、膝のテーピングの具合をたしかめると、なにごともなかったかのように再び走りはじめた。

＊

その三時間後——。

右京と田村が帰り着いたとき、いったんは晴れた霧がいま一度硫黄山の山頂広場を覆い尽くしていた。残って留守を預かっていた富田によると、ふたりがでかけている間、特に変わったできごとは起こっていなかった。脱獄犯の木浪も現れていないという。

ウトロ駐在所の巡査が報告を終えるのを待って、女性スタッフの笠井玲奈がもどかしげにスター選手の安否を気遣った。

「大坪さんは見つからなかったんですか？」

「見つかりました」きっぱり言ってから、右京は一拍置いた。「しかし、発見したときにはすでに息がありませんでした。崖の下に転落されたようです。頭部から出血が認められました」

多くの人間は最悪の事態を予想していたはずだった。それでも右京のことばは一同を慄然《りつぜん》とさせた。玲奈はその場にくずおれてしまったため、隣にいたスタッフが心配して介抱に回った。

「やはり……」

藤本が小さく呟いたのを右京は聞き逃さなかった。

「なにか心当たりでもあるのですか？」

「ああ、いえ……さっきも言いましたように、今日の大坪さんは何度か足をもつれさせて転んでいました。大坪さんが転倒するなんてめったにないことなので、体調が悪いのかな、と感じていました。足場の悪い道とはいえ、転落してしまうなんて、やっぱりどこか具合が悪かったんでしょうね」

藤本の意見に、野間が異を唱える。

「大坪さんに限って転落はないだろう。誰かに突き落とされたんじゃないのか？」

「突き落とされたって、誰にですか？」

「脱獄犯に決まっているだろう」

「そうか」藤本が右京の目を正面から見つめる。「それで、木浪とかいう脱獄犯は見つかったのですか？」

「残念ながら」

右京の簡潔な回答に、一同は落胆の溜息をついた。

「木浪は過去にけんか相手の頭を石で殴っています」富田がぽつりと言う。「きっと木浪のせいでしょう。杉下警部、そうですよね？」

「その可能性は否定できません」右京は慎重にことばを選ぶ。「しかし大坪さんの遺体は崖の下にあって、近づくことができませんでした。近くで検分すればいろいろなことがわかるかもしれませんが、現状において大坪さんの死因を断定することはできません」

「頭を石で殴られてたくさん血が出たんでしょうね。かわいそうに……」

登山客の鹿島美恵子が手を合わせる。とたんに、広場は静かになった。

いつしか霧は晴れる前よりも一段と濃くなっていた。いや、一度晴れたからこそ、より濃くなったように感じるのかもしれない。隣に立つ人間の顔さえ、紗《しゃ》がかかったようにぼやけている。

富田のことばの余韻がみんなの頭の中に残っていた。いまにも霧のカーテンのむこうから、凶器の石を抱えた木浪が襲いかかってくるかもしれない。静寂の中、ひとりひとりの恐怖が次第に膨張していく。否が応でも緊張感が高まっていく。

と、唐突に空気が震えた。

「そこの足をどかしなさい！」

大声を出したのは箕田武馬だった。あるひとりのランナーの足元を指差している。唐突に怒鳴りつけられたランナーは、なにがなんだかわからずに痩せたひげ面の男から離れていった。

右京が双眼鏡を片手に近づいていく。

「双眼鏡、ありがとうございました。とても役に立ちました。ほう、この植物ですか」

双眼鏡を返した右京はしゃがみこみ、足元にあった小さな植物に注目した。花は咲いていないが、円形の葉が特徴的だった。

「わかるかな？　シレトコスミレだよ。日本で自生しているのは、この硫黄山周辺だけという大変貴重な植物だ。それを踏んづけるとはまったく……」

憤然たるようすの箕田の前で、右京が右手の人差し指を立てた。

「双眼鏡を持っていたり、植物に詳しかったり、箕田さん、あなたは知床の自然をとても愛されているようですね。もしかしてここでトレイルランニングを行うことに反対なさっていたのではないですか」

右京の指摘は図星だったようだ。箕田は鼻をぴくぴくさせて怒りをこらえているようだった。

「沿道にあった反対の幟を設置されたのもあなたでしょうか？」

「悪いか！」

その返事で右京の推測が正しかったことが証明された。

「あなたは今日どうしてここへいらっしゃったのですか？」

自然保護活動家が顔を真っ赤にしていきりたつ。

「無知なランナーどもが大切な知床の自然を壊すんじゃないかと心配だったから、監視に来たんだ。トレイルランニングなんかやるから、案の定、こんなことになるんだ！」

怒号がランナーたちの過敏になった神経を逆なでした。すぐさま田村が言い返す。

「箕田さんでしたっけ、それは言いがかりです。木浪という男が脱獄したのは私たちのせいではないし、ここへ逃げこんだのも私たちのせいではありません。トレイルランニングを憎むあまり、難癖をつけるのはやめてもらえませんか」

「俺はそんなことを言っているんじゃあない！」

自然保護活動家の声が一層大きくなった。

「じゃあ、いったいなにを言いたいんですか。わかるように話してください。失礼ですが、話の趣旨がわかりません」

「これだ、これ！」

箕田がなにかを放り投げたようだった。ぽこっと軽い音がして、なにかが地面を転がった。それはちょうど右京の革靴に当たって止まった。

「スポーツドリンクのペットボトルですね」

右京が拾い、商品名を読みあげた。ウトロでサンプリングをやっていたフェニックス飲料のライバル会社の主力商品だった。まだ半分近く中身が残っている。

鬼の首をとったかのような勢いで箕田が吠える。

「テント場の入口付近にそんなものが落ちていた。世界自然遺産登録地域にゴミを捨てるなど言語道断！　どいつのしわざだ、出てこい！」

若い頃、学生運動に身を投じていたのではないだろうか。そう思わせるような堂に入った挑発ぶりだった。

ランナーたちがひそひそと小声で話しだす。田村が箕田の前に歩み寄り、冷静な口調で応じた。

「残念ですが、私たちではありません」

「どうしておまえさんがそんなことを断言できる？　ひとりひとりの持ち物を全部把握しているとでもいうのか？」

「持ち物検査なんてしなくても、わかるんですよ。私のシャツを見てください。フェニックス飲料のロゴがついているでしょう。フェニックス飲料はＪＥＣのスポンサーなんです」

チーフをサポートするように、スタッフの笠井玲奈が発言した。

「本当です。わたしはエイドステーションに詰めていましたが、特別ドリンクを準備している人以外には、スポンサーから提供を受けた〈フェニックス・ドリンク〉のペットボトルを渡していました」

「要するにですね」田村がまとめる。「選手やスタッフはみんな〈フェニックス・ドリンク〉を飲んでいるわけです。ライバル会社の商品なんて飲むはずがないんですよ。わかっていただけますか」

箕田は振り上げたこぶしの降ろしどころがわからないようだった。

「小理屈をこねやがって。じゃあ訊くが、誰が落としたというんだ？」

「一般登山客じゃないんですか」

田村の指摘の正当性を認めたのか、自然保護活動家は鹿島美恵子を鋭い眼光を放つ目で睨みつけた。

「あんたが落としたのか？」

広場の隅の石に腰を下ろしていた美恵子は、降りかかってきた火の粉を追い払うように、顔の前で手をワイパーのように大きく振った。そして、自分のザックを開けて、水筒を取り出した。

「いつも水筒を持参しているのよ。登山中にペットボトルを途中で捨てるなんて、わたしがそんなマナー違反をするはずないでしょう！」

「本当だろうな？」

美恵子は目をしばしばさせながら、「嘘なんかつかないわよ。さっき刑事さんが、脱獄犯に身ぐるみをはがれた登山者がいるって教えてくれたじゃない。きっとその人が落としたんじゃないの。故意かうっかりミスかは別として」

右京は箕田が拾ったというペットボトルにこだわっていた。

「テント場の入口付近で拾われたというお話ですが、具体的にはどこでしょう？」

質問した右京を面倒くさそうに一瞥し、箕田は正確を期するように詳しく語った。

「知床連山では環境保護のため、野営できる場所を厳密に指定している。キャンプ指定地は、羅臼平、三ツ峰、二ツ池、第一火口の四箇所だけだ。そのうちここに一番近いのが第一火口のテント場だ。ここから知円別岳に行く途中、右に分かれる脇道があって、テント場はその脇道を下ったところにある。このゴミは脇道のつけ根、道しるべの近くに落ちていた」

「ということは、大坪の遺体が見つかったのとほぼ同じ場所じゃないですか！」

思わず田村が叫ぶ。対照的に右京は冷静だった。

「大坪さんが亡くなったのは13時54分だと思われます。あなたがペットボトルを拾われたのは、いつでしょう？」

箕田は視線を宙に飛ばし、しばし考えた。

「13時44分だったな。腕時計で時刻を確認したから、よく覚えている。霧が出はじめてからしばらくしてからだったと記憶している」

「その十分後に大坪さんはそこを通ったわけですか。そして転落してしまう」富田がうなずく。「尾根にも大坪さんの姿は見えなかったんですね？」

「繰り返しになるが、ちょうど霧が出てきたところだった。知円別岳からの稜線上に人がいたとしても、双眼鏡でも顔はわからなかっただろう」

「箕田さん」右京が自然保護活動家の名前を呼んだ。「あなたは分岐点でこの野間さんにお会いになったはずですよね」

「ああ、覚えている。硫黄山への道を教えてやった」

「ペットボトルを拾われたのは、その前でしょうか、それともあとでしょうか？」

「ん？」箕田はしばし考え、「直後だったと思うが」

「あなたが会ったランナーは野間さんが最初でしたか。その前に走っていたはずの大坪さんには会われていないのですね」

「大坪という男を知らないが、会ってはいない。この男の次に走ってきたのは、この男だ」

箕田はまず野間を、続いて藤本を顎で示した。

「よくわかりました。つまり、野間さんと藤本さんはいつのまにか大坪さんを追い抜いていたわけです」

「ほんとですか。しかし、最後に知円別岳で大坪さんを見たときには相当離されていたが……」

野間が戸惑いを見せると、藤本も追随した。

「おかしいですね。どうして失速したんだろう」

富田がなにか閃いたようだった。

「こういうことではないでしょうか。13時54分よりも前に、知円別岳を過ぎたどこかで大坪さんは木浪に襲われた。大坪さんはそこでうずくまっていたのに、野間さんと藤本さんはそれに気づかず通り過ぎてしまった。大坪さんは必死にあとを追おうとしたけれど、力尽きて崖から転落してしまった。それが13時54分だった」

「なるほど」田村が納得した。「それならば説明がつきますね。脱獄犯はどこかに隠れて選手たちをやり過ごし、羅臼岳方面へ向かっているのかもしれません」

しかし、右京はこの考えに納得していなかった。誰にともなく本質的な問いかけを行う。

「木浪はどうして大坪さんを襲ったのでしょうかねえ」

「ここへ来る途中で男性登山客だって襲われていたじゃないですか」

富田が主張したが、右京の疑問は晴れない。

「持ち物を奪うために登山客を襲うのは理解できます。しかし、わざわざトレイルランナーを襲う動機がありません」

「そうは言っても、相手は凶悪な脱獄犯です。邪魔者がいれば襲いかかるんじゃないですか」

「邪魔者ですか」右京が登山者のほうへ近づいた。「鹿島さん、あなたはゼッケン1番の大坪さんには追い抜かれなかったのですか？」

たと思う」

「抜かされたわ。時間までは覚えていないけど、知円別岳から分岐点の間のどこかだったと思う」

「そうですか。ちなみに野間さんと藤本さんは覚えていらっしゃいますか？」

「ごめんなさい。覚えてないわ。実はわたし、その頃、道に迷ったりもして。おかげで予定よりもずいぶん、遅くなっちゃったのよ。寒くなってきたし、今日中に札幌の自宅まで帰りたいんだけど、下山しちゃだめかしら？」

ピンク色のチェックのシャツを着た美恵子が震えながら申し出る。訴えかけるような目は赤く充血していた。

「申し訳ありませんが、いまは個人行動を慎んでください。脱獄犯木浪の行方もわかっていませんし、これからは次第に暗くなってきますので、いずれにしろ危険です。救援隊がくるのを待ちましょう」

富田が親身になって制止すると、美恵子は手ぬぐいで目の辺りを押さえながら、不承不承うなずいた。

時刻はすでに16時15分になろうとしていた。夏の知床は昼が長いとはいえ、夕刻が近づいていた。霧は依然として晴れる気配がない。そのうえ、少し日が傾いたせいか、気温が下がってきた。

霧による視界不良だけでも陰鬱な気分になる。そのうえ寒さが迫ってき、さらには脱獄犯の恐怖までが加わって、巨大な密室に閉じこめられた人々は精神的に極度に追いこまれていた。一触即発の空気が張りつめていた。

「救援隊はいつ来るのかしら」

美恵子が愚痴を漏らすと、箕田が先ほどの発言を繰り返した。

「まったく、トレイルランニングなんかやるから、このざまだ」

「ですから……」

田村が言い返そうとして、途中でことばを呑みこんだ。しかし、箕田は収まりきれていなかった。

「だからなんだと言うんだ？」

「言い争いはやめましょう」

藤本が仲裁に入る。すると、笠井玲奈がだしぬけに藤本を糾弾《きゅうだん》したのである。

「きれいごとばっかり言って！　大坪さんが死んで一番嬉しいのは、きっとあなたよね？」

「いきなり、どうしたというんですか？」

虚を衝かれた藤本が狼狽気味に反問する。

「しらばっくれないでよ。大坪さんさえいなくなれば、ＪＥＣでトップに立てるし、スポンサーも独占できるじゃない！　脱獄犯に感謝したほうがいいんじゃない？」

玲奈の声にはヒステリックな響きが感じられた。

「ばかばかしい」

無視しようとする若手ランナーに、女性スタッフが因縁をつける。

「もしかしたら、大坪さんを突き落としたのは脱獄犯じゃないのかもしれないわね」

「ぼくが大坪さんを突き落としたっていうんですか？　何度も言うとおり、後半は大坪さんがスピードを上げたせいで、ついていけなくなりました。五百メートル以上水をあけられたと思います」

「さっき若い警察の人が言っていたじゃない。大坪さんは脱獄犯に襲われてうずくまっていたのよ。それに気づいたあなたは、彼の背中を押した……」

「いいかげんにしてください」藤本が反撃に転じる。「売られたけんかは買うタイプなので、失礼しますよ。あなたがどうしてぼくに難癖をつけているのか、あなたの心の動きがよくわかりますよ」

「な、なにを偉そうに」

「あなたは自分に負い目があると自覚している。大坪さんの死に対して、自分ひとりで責任を背負いたくないから、ぼくを共犯者に引きこもうとしているんでしょ？」

「ばかなこと言わないで……」

玲奈の語尾が震えた。明らかにうろたえていた。

「昨夜のパーティーでの一件、ぼくも近くで見ていたんですよ」

藤本が思わせぶりに語ると、玲奈が顔を背けた。右京の好奇心が頭をもたげた。

「おやおや、なにがあったのでしょう？」

「なんでもいいじゃない」

「大坪さんの死に関係があるとほのめかされれば、見過ごすわけにはいきませんからねえ」

「そんなんじゃないわよ」

玲奈は話を打ち切りたがっていたが、藤本は話したくてうずうずしていた。

「痴話げんかですよ」

「つまり、大坪さんと笠井さんは恋人関係だった？」

「さすがに刑事さんは理解が早い」

藤本によると、昨夜大坪と玲奈の間でちょっとした口論があったという。

昨夜のこと、選手たちが宿泊しているウトロのホテルで前夜祭が行われた。なごやかなムードで進んだパーティーの終盤、ホールの片隅で、大坪と玲奈が口げんかをはじめた。「じゃあ別れる」、「いや別れない」の応酬になったらしい。

「あなたは大坪さんに捨てられそうになったんじゃないですか？　なにしろ彼には女性ファンがたくさんついていますから。昨夜だってぼくが止めに入らなかったら、悲惨なことになっていたんじゃないですか？」

昨夜の玲奈はそうとうヒートアップしていた。藤本が外に連れだしたあとも怒りが収まらないようすで、「明日のレースでもドリンクなんて用意してあげない」と言い放ったという。

藤本から暴露され、玲奈は羞恥と後悔でうつむいた。玲奈は再びすすり泣きはじめた。しばらくひとりで泣いたあと、ぽつりぽつりとしゃべりはじめる。

「『しばらくひとりにして、つきまとわないでくれ』彼は昨夜わたしにそう言ったの。彼は人気者で、女性ファンも多かった。彼を奪われるのが怖くて、たしかに拘束しすぎたかもしれない。でも、『つきまとわないで』はひどい。まるでわたしがストーカーみたいじゃない」

「そのことばにかちんときたのですね？」

玲奈がゆるゆると首を左右に振る。

「『この大会には絶対に勝たなければならないから、集中したい』って言ってたけど、なにか別の理由があるんだと思った」

「別の理由ですか」

「いままでの大会だっていつも一緒にいたのに、どうして今回だけわたしを遠ざけるの？　おかしいでしょう。それでわたし、頭に来て、『わたしのことがそんなに嫌いなら別れましょう』って。彼は『そんなことはない』って言い張っていたけど、許せなかった。これまでわたしなりに一生懸命、彼を支えてきたつもりなのに、その功績をまったく無視されたみたいで。だから、つい、あんなことを口走っちゃった……ごめんなさい……」

そう呟くと玲奈は誰はばかることなく、声を上げて泣きはじめた。故人の恋人は良心の呵責《かしやく》に苛まれているようだった。藤本もさすがにそれ以上追い討ちをするつもりはないらしく、すっと玲奈のそばから離れていった。

「いろんな人間模様があるようですね」

富田が右京に身を寄せ、耳打ちする。右京は曖昧にうなずきながら、じっと玲奈の顔を見つめていた。

5

13時15分。

大坪は体の変調に気がついていた。さきほどまでの快走が嘘だったかのように、体が重くなっていた。

いつしか霧が周囲の景色を包みこんでいた。頭の中にも霧がかかったみたいで、いったい自分がいまどこを走っているのかも判然としない。

変調は知円別岳を過ぎたあたりから、いきなり襲いかかってきた。脳に糖分が足りないのかもしれない。大坪は足取りを緩め、ザックから巾着袋を取りだした。

チョコレートの包装を乱暴に破り、食らいつく。巾着袋の底には行動食とは別の小箱がしまわれている。袋の布越しに小箱の感触をたしかめた大坪は、自分の頬を張って気合いを入れ直すと、再び走りはじめた。

＊

その三時間後――。

晴れていれば広大な眺望が開けるはずの硫黄山の山頂は重たい霧で覆われていた。大自然の密室に閉じこめられた人々の心には恐怖と疑心が渦巻いていた。

霧のヴェールに阻まれてクリアに見ることのできない一同の顔を、右京は順繰りに眺めていた。

笠井玲奈は泣き疲れてしょんぼりしていた。けんかして仲直りしないまま恋人が急逝してしまったことに深い悲しみを覚えているようだった。

田村暁生は霧のかかった空を見つめていた。脳裏には亡き友人とのさまざまな思い出が去来しているのかもしれない。

藤本稔は反対に足元に視線を落としていた。この閉塞状況が打開するのをただひたすら我慢して待っているという感じだった。

野間公平は困惑していた。いつになったらここから抜けだせるのか。先の読めない現状に動揺を隠せないようすだった。

箕田武馬は苛立っているようだった。どうして自分がこんな理不尽な目に遭わねばならないのかと考えているに違いなかった。

鹿島美恵子は震えていた。寒さと恐怖で耐えきれないといわんばかりに自分の肩を抱いていた。

右京は震える登山客に質問した。

「あなたはさきほど道に迷ったとおっしゃっていました。どの辺りで迷ったのか覚えていらっしゃいますか？」

美恵子は怯えたような表情になり、「知円別岳から硫黄山に来る途中で、本来登るべき道が下っているのに気づいたのよ。第一火口のキャンプ地に向かっているんだってぴんと来たわ。途中で気がついて引き返してきたけど、おかげでずいぶんロスしちゃった。道しるべがあったのに、いったいどうしたことかしら」

女性登山客の答えを聞き、右京はわが意を得たようにうなずいた。

「鹿島さんは道しるべを見たのに、キャンプ地のほうへ迷いこんでしまわれた。それはいったいどうしてでしょう。ぼくも実物を見ましたが、あの道しるべは手書きでした。トレイルランニングの運営スタッフが今日のためにつけたのではないでしょうか？」

田村が首を縦に振ってから答える。

「そのとおりです。レースも後半になると選手たちの判断力も鈍ってきます。だから迷いやすい場所には、ああやって道しるべを置きました」

「ぼくたちが見たとき、〈硫黄山・ウトロ方面〉という矢印はちゃんと硫黄山を向いていました。あの道しるべを見て、なおかつ道を間違えるというのはぼくにはどうにも信じられません」

右京が首を傾げた。

「そうは言われても、実際に迷ってしまったんですから……」

申し訳なさそうに下を向く美恵子に、右京が爆弾発言を投げかける。

「道しるべが意図的にずらされていたとしたら、どうでしょう？」

「どういう意味ですか？」

「矢印がキャンプ地のほうを向くようにずらされていたのではないかと思いましてね」

「そんな……」

美恵子の驚きは、この場の全員の気持ちを代弁していた。一同がかたずを呑んで見守る中、右京が続けた。

「大坪さんは13時54分に道しるべのある分岐点で亡くなっています。二番手の野間さんは相当な差をつけられていたはずなのに、その前、おそらく13時43分頃にあの場所を通過しています。どうして逆転できたのでしょう。大坪さんが分岐点で道を間違えたからではないかと思うのですよ。大坪さんの次にあそこを通過した鹿島さんも同じように道を間違えています。道しるべが意図的に動かされていたと考えると、すっきりします」

箕田は下唇を強く嚙みしめ、無言を保った。

「野間さんは箕田さんから直接硫黄山への道を教えられたため道しるべを見ていませんが、その次の藤本さんが通過したときには道しるべは正しい方向を向いていました。つまり、一度意図的に向きを変えられたのちに、正しい方向に直されたのでしょう。それができたのは、あなたしか考えられないのですよ」

右京はそう言うとゆっくりと右腕を伸ばした。人差し指は箕田を指していた。自然保護活動家は瞬時になにか言い返そうとしたが、ぶるぶる震えるだけで、ことばは出てこなかった。

右京の理詰めの説明に、田村が深く納得した。

「なるほど。しかし、なぜそんなことを？」

箕田が答えなかったため、代わりに右京が答えた。

「トレイルランニングに反対していた箕田さんにとって、スタッフがつけた道しるべも、道に落ちているゴミと同じに見えたのではないでしょうかねえ。違いますか？」

水を向けられた箕田がついに口を開いた。

「そうだ。勝手に道しるべなんかつけやがって、いったいどういうつもりだ。世界自然遺産区域内には、いっさい建造物を建ててはいけない。許可をもらったのか？」

「建造物というほど大げさなものではないでしょう」田村が前に出た。「町役場に相談したら、すぐに撤去すれば問題ないだろうという回答だったので、つけました。選手の安全が第一ですからね。もちろんレース後にはすぐにはずしますよ」

「町役場の弱腰の担当者にうまく取りいったもんだな！」

田村は拳を強く握りしめ、「道しるべがあなたの癇に障ったのであれば、撤去すればよかったじゃないですか。わざと道に迷うように矢印の向きを変えるのはいくらなんでもやりすぎでしょう」

狂信的な自然保護活動家が開き直る。

「いくら反対しても町役場はトレイルランニングをやるという。さすがに俺も堪忍袋の緒が切れたんだよ。知床の大会でトラブルが発生すれば、来年はレースを断念するだろう。だから、ちょっと困らせようと思ってやったんだ」

「それではどうして道しるべを元に戻したんですか？」

そう訊いたのは右京だった。

「矢印の向きを変えてから近くでようすを見ていたら、最初のランナーがキャンプ地のほうへ走っていった。ざまあみろという気持ちで硫黄山へ登っていると、想像以上に霧が深くなってきた。さすがに危険かもしれないと思い直したんだ。分岐点まで帰ってきて、矢印を元に戻したよ」

鹿島美恵子が嚙みつく。

「おかげでわたしがどれだけ大変な目に遭ったと思っているの！」

「申し訳ない。あんたを巻きこむつもりはなかったんだが……」

箕田がぺこりと頭を下げた。

「箕田さん、あなたが知床の自然を愛していることはたしかでしょう。しかし、たとえ意見が対立したとしても、実力行使という手段に訴えるような人間に、自然の尊さを語る資格などありませんよ！」

あまりにも身勝手な自然保護活動家を右京がきつく非難した。

6

13時25分。

大坪はいつのまにか第一火口のキャンプ地に出ていた。やはり頭が正常に働いていないのか、道を間違えてしまったらしい。時間を大いにロスしてしまった。二位の野間にはかなりの差をつけていたが、いまから戻って果たして首位を守れるかどうか。もしかしたら、すでに抜かれてしまったかもしれない。

膝に不安を抱えているので、硫黄山からの下りが正念場となる。それなのにその前でこのロスは痛い。

ともかく一刻も早く正しい道まで戻る必要がある。このレースにはなんとしても優勝せねばならないのだから。

大坪は大きく深呼吸をすると、いま来た道を全速力で戻りはじめた。

＊

その三時間後——。

笠井玲奈は自分を取り戻しつつあった。ザックから銀色の断熱ホルダーに入ったドリンクのボトルを取りだし、キャップの部分についているストローで飲んでいる。そのボトルに「大坪」という文字が書かれているのを右京は見逃さなかった。

「笠井さん、あなたがいまお飲みになっているドリンクですが、それはもしかしたら大坪さんのスペシャルドリンクなのではないですか」

「あっ、たしかに大坪が愛用していたボトルだ」

田村からボトルを取り上げられた玲奈に、右京が訊く。

「あなたは今日、それを大坪さんに渡さなかったのですね。どうしてでしょう？」

玲奈は瞬時に青ざめ、「だって、わたしという恋人がいながら、いろんな女性に色目を使う彼が許せなくって……昨夜のけんかもあとを引いていて……」

「それで昨夜、田村さんに宣告したとおり、そのドリンクを渡さなかったのですね」

「ちょっとこらしめるだけのつもりでした。だって、まさか死んでしまうなんて思っていなかったから……」

またしてもめそめそしはじめる玲奈に、右京が意外なことを言った。

「大坪さんが昨夜あなたに冷たく当たったのには、あなたが考えているのとは違う理由があるような気がします」

「どうして刑事さんにそんなことが言えるんですか？」

これ以上プライドを傷つけられるのは我慢できない。玲奈がそんな思いをぶつけるように右京に食ってかかる。

右京が大坪のザックの中からおもむろに巾着袋を取りだした。

「これを見てください」

言いながら、袋のひもをほどき、一番底にあった小箱を引っ張りだす。紺色のビロード貼りの箱であった。中央付近から蝶番《ちょうつがい》でぱかっと上下に開くと、エンゲージリングが現れた。霧の中でもそれとわかる輝きは、ダイヤモンドのものに違いなかった。

「えっ！」

右京が慎重な手つきで指輪を取り上げ、内側を覗きこむ。

「〝I to R〟という刻印があります。Iは勇、Rは玲奈を意味しているのではないでしょうかねえ」

右京から手渡された指輪の刻印を自分の目でたしかめた玲奈は、左手を口に当てたまま絶句した。

「いまのあなたの反応で、大坪さんから事前に聞かされていなかったことがよくわかります。昨夜、大坪さんがあなたと距離を置いたのは、これを準備するところをあなたに見られたくなかったからではないでしょうか。ザックに入れて持ち運んでいたということは、ゴールしたあと、あなたにプロポーズするつもりだったのではないでしょうか。サプライズを演出するために、あえて昨夜は冷たく振る舞っていたのではないでしょうかねえ」

「そんな……」

玲奈が声を絞りだす。

「大坪が他の女性に色目を使っていたというのも、笠井さん、きみの考えすぎだと思うんだよね」

そう指摘したのは運営チーフの田村だった。亡き友の名誉を守るべくことばを継ぐ。

「大坪は見てくれもよかったし、コマーシャルで顔も売れていたから、女性ファンが多かったのは事実だよ。声援があれば、それには応えたけど、それはあくまでファンサービス。本人はそういうちゃらちゃらした扱いを受けることにうんざりしていたんだよ。よく相談を受けたから知っているけど、やつは心からきみを大切にしていた。刑事さんがおっしゃったように、サプライズで喜ぶきみの顔が見たかったんだと思うよ」

大坪の気持ちも推し量ることができずに嫉妬に身を焦がしていた自分を悔いて、玲奈が泣き崩れた。

「エイドステーションであなたからもらえるはずのスペシャルドリンクをもらえなかったとき、大坪さんはかなりショックを受けたと思いますよ」

ちょっとこらしめるだけのつもりが、大きな代償を払うはめになった悪夢のような事態に、玲奈は悔やんでも悔やみきれなかった。涙が次から次にあふれ出てくる。

「ところで、箕田さんが拾われたスポーツドリンクを落としたのはどなたでしょう？」

右京が声を張って、話題を変えた。手には落とし物のペットボトルが握られている。自分の名前に反応して、いましがた厳しい非難を受けた箕田武馬が顔を上げる。

「あなたは今日、硫黄山登山口から登ってこられた。最初に第一火口キャンプ地への分岐点を通りかかったときにはペットボトルはなかったのですね？」

箕田は首肯することで、同意を示す。

「木浪に荷物を奪われた例の登山者が落としたんじゃないんですか」ウトロ駐在所の純朴な巡査がさきほどの鹿島美恵子の発言を引いて、「あるいはそれを盗んだ木浪かもしれません」

右京はしかし首を横に振った。

「あの登山者は盗まれたザックの中には食料、水筒、雨具が入っていたと申告していました。水筒があったのであれば、ペットボトルは持っていなかったと思いますよ。鹿島さんご自身がそうであったように」

「そうかもしれません。しかし、そうなると誰が……」

「箕田さんが最初に分岐点で道しるべに細工をしたときには落ちていませんでした。しかし、13時44分には箕田さんに拾われています。だとすると、落としたのは先頭で走っていた大坪さんと考えるべきです」

「でも大坪さんがそこを通ったのは13時54分でしょう。いや、違うか。54分は大坪さんが細工された道しるべに惑わされて道に迷ったあと、分岐点まで戻ってきて転落した時間でした」

富田は頭が混乱していた。

「そのとおり」右京が左手の人差し指を立てる。「大坪さんはあの分岐点を二度通っています。そのいずれかのときにそこで小休止して、水分補給を行った。そのときに落としたとしか考えられないのですよ」

すぐさま田村が異議を唱える。

「それはおかしいと思います。さっきの繰り返しになりますが、大坪にはフェニックス飲料というスポンサーがついています。よりによって彼がライバル社のスポーツドリンクを飲むなんてありえません」

「たしかにふつうではありえないでしょう。しかし、今日は笠井さんがエイドステーションにスペシャルドリンクを用意していませんでした。大坪さんは期待していたドリンクを受け取れなかったわけです。こういう条件の下で手渡されれば、ライバル社のドリンクでも手に取る可能性はあると思いますよ。レース中の水分補給は死活問題でしょうからねえ」

名前を出され、玲奈が虚ろな目を右京に向けた。しかし、田村は引き下がらなかった。

「手渡されればっておっしゃいましたか？　要するに大坪は誰かからそのスポーツドリンクをもらったという意味ですか？」

「さすがにぼくも大坪さんが自分の意志でライバル会社のドリンクを持ちこんだとは考えていません。しかし、給水に失敗して困っているときに渡されれば、飲んでしまうのではないでしょうかねえ」

それでも田村は納得しなかった。

「それにしたって変ですよ。JECは公式飲料として、〈フェニックス・ドリンク〉を採用しています。エイドステーションにも〈フェニックス・ドリンク〉は準備されていました。仮にスペシャルドリンクをもらえなくても、〈フェニックス・ドリンク〉を飲めばいいわけです。誰がライバル会社のドリンクなんか持ちこむもんですか」

右京は後ろ手を組むと、「選手ひとりひとりの持ち物チェックはなさっているのですか？」

「さすがにそこまではやりませんけど……」

運営チーフが口ごもる。

右京は中身の残ったペットボトルを掲げ、「だとすると、このドリンクを持ちこむチャンスは誰にでもあるわけですね」

「ザックの中に忍ばせるだけなので、持ちこむ意志さえあれば簡単です。でも、スポンサー会社のライバル会社の主力商品を持ちこむ選手がいるとは思えません」

「心情の問題は一度棚上げにして、機会の問題を考えてみましょう」

「機会というと？」

富田がぽかんとした顔で訊く。

「エイドステーションの時点で、大坪さんと競っていたのは野間さんと藤本さんのおふたり。それは間違いありませんね？」

刑事の質問に即答したのは、今日のレースで第三位につけていた藤本稔だった。

「はい。次のランナーはかなり遅れていました」

「ありがとうございます。いまの証言からも、大坪さんに渡す機会があったのは、野間さんと藤本さんのどちらかしかいないことは明らかです」

「いや、私は……」

否定しようとする藤本を手で制し、右京が続ける。

「機会があるのはおふたりです。ここで心情の問題に戻りましょう。もちろんふつう選手の方はスポンサーを優先するでしょう。しかし、スポンサー会社に恨みを抱く選手がいたとすれば、あえてライバル会社の商品を持ちこむという心理状態も理解できると思いませんか」

このひと言で田村の顔色が変わった。

「もしかして、刑事さんがおっしゃりたいのは……」

「はい」田村に向かってうなずいた右京は、その目を野間に転じた。「あなたはフェニックス飲料からスポンサー契約を打ち切られたそうですね。もしかして、ライバル会社から声をかけられていませんでしたか？」

「なにを飲もうが俺の勝手でしょ？」

そう言い繕う野間の目が泳いでいるのを、右京が見逃すはずはなかった。

「やはり、このドリンクを持ちこんだのはあなたですね？」

論理的に追い詰められ、逃げ場のなくなった野間公平が感情を爆発させた。

「〈フェニックス・ドリンク〉なんて、金輪際飲みたくないんだ！」

「確認させていただきます」

富田が野間のザックを検めると、中から右京が手にしているのと同じドリンクが出てきた。右京が野間の前に仁王立ちになる。

「あなたがなにを飲もうと勝手だと思いますよ。しかし、それを大坪さんにあげるという行為はどうでしょうかねえ。給水所を過ぎたあたりではあなたはまだ大坪さんと差がついていなかったそうですね。そのときに渡したのですね？」

「困っている人間に、親切で一本分けてあげたんだ。俺が非難を受けるいわれはない」

右京が手に持っていたペットボトルのキャップをこれ見よがしに開け、その口を差し向ける。

「野間さんは喉が渇いていませんか。どうですか、ご自分が持ってこられたスポーツドリンクで喉を潤されては？」

怒気を含んだ顔をぷいと背ける野間に、右京が厳しい顔で言った。

「このドリンクにはなにか薬物が混じっているのですね？」

「なんですって？」富田がボトルの口に鼻先を近づける。「変なにおいはしないようですが」

「野間さん！」右京が声を荒らげた。「調べればわかることですよ！」

これまで強気を保っていた野間の顔がふいに歳をとったように見えた。次の瞬間、大きな溜息をついて、「睡眠薬が入っている」と認めた。

「どういうことですか？」

富田が迫ると、野間はぽつりぽつりと話しはじめた。

「俺はこれまで大坪さんと一緒にトレイルランニングの普及に努めてきたつもりだ。大坪さんは天才ランナーだけど、あの人ひとりだけでは決してこのスポーツがここまで注目されることはなかったと思う。それなのにマスコミに取り上げられるのは、いつでも大坪さんばかり。実力の差といえばそれまでだが、俺というライバルがいなければ、大坪さんだってこれほど人気者になっていなかったはずだ」

「野間くんの貢献についてはよくわかっている。大坪だって、あなたの実力を認めていたじゃないか」

田村が反論したが、野間は聞く耳を持たなかった。

「そうだろうか。昨年の奥武蔵のレースのときだったかな、コースアウトした大坪さんを俺が助けたことがあった。あのレースで後半に盛り返した大坪さんが優勝できたのは、俺のおかげだ。あのときはたしかに感謝してくれて、〈フェニックス・ドリンク〉のコマーシャルのパートナーにしてくれた」

「そうですよ」と田村。「コマーシャルのおかげで野間くんだって、全国的に顔が売れたじゃないか。それを忘れないでくれ」

「一時的なものじゃないですか。コマーシャルのパートナーだって、今年から藤本くんに交代させられてしまったし。しょせん俺なんか消耗品なんだ……」

野間は卑屈になるばかりだった。田村がなんとかとりなそうとしても、自己憐憫《れんびん》が進むばかりだった。

「大坪さんのようにしっかりとスポンサーがつき、プロでやっていける人はいいでしょう。しかし、俺らはどこまで頑張ってもアマチュアだ。遠征費ひとつとったってばかにならない。こんなことを続けてなんになるんだろう。そんな思いにとらわれて、不眠に苦しむようになりました。今回使った睡眠薬はそのときに医者から処方してもらったものです」

「どうしてそんなまねを。自分がみじめになるだけでしょう」

田村の顔にはやりきれない表情が浮かんでいた。

「もう十分にみじめですよ。だから、大坪さんにも少しはみじめな気分を味わってもらいたかった。あれだけ強いんだから、ちょっとくらいハンディを与えたってかまわないだろう。そう思って、睡眠薬入りのドリンクを渡しました」

男の嫉妬は見苦しい。野間の告白にうんざりした富田が、右京に質問する。

「しかし杉下警部は、どうしてこのドリンクに睡眠薬が入っているとわかったんですか？」

「睡眠薬だとはわかりませんでしたが、薬物が混入している可能性は高いと思いました。根拠のひとつは藤本さんの証言ですよ。大坪さんが何度も転倒していたという話を聞いたときに、おやっと思いました。もうひとつは、まだ中身が入っているボトルが落ちたままになっていたこと。ランナーが大切な飲み物を捨てるなんてありえません。それが落ちていたということは、大坪さんの判断力がその時点で正常には働いていなかったと思うのですよ」

富田は右京の推理力に舌を巻きながら、まだ理解できていないところを直接野間に訊いた。

「でも、あなたはなぜ睡眠薬入りのドリンクなんて準備したんです。たまたま笠井さんがスペシャルドリンクを用意していなかったから渡せたものの、ふつうだったら怪しくて大坪さんも手を出さないでしょう」

「笠井さんが今日スペシャルドリンクを用意しないことはわかっていました」

玲奈がぎょっとして野間の顔を見る。

「昨夜の大坪さんと笠井さんの痴話げんかのあと、会場の外で笠井さんが言っているのを聞いたんだ」

「立ち聞きしていたんですか？」

そのとき玲奈の相手をしていた藤本が、先輩ランナーに軽蔑したような視線を浴びせる。

「人聞きの悪い。たまたま聞こえてきたんだよ。『明日のレースでもドリンクなんて用意してあげない』という笠井さんの声が。その声が頭から離れなくなって、作るだけ作ってみようと、ドリンクに睡眠薬を投入した。まさか本当にそれを大坪さんに渡すはめになるとは、自分でも思っていなかったよ」

「運命が転がるときは、えてしてそういうものです。最初から準備なんかしていなければ、当然使うこともなかったわけですがねえ」

右京がここでスーツのポケットからスマートフォンを取りだした。

「亡くなった大坪さんのザックの中に入っていたものです。スマートフォンのメモに書きかけの文案がありました。読み上げてみましょう。『野間選手、長い間私とともにトレランの発展に寄与してくれてありがとう。ずっとライバルでいてくれたおかげで、私も最後まで頑張れたのだと感謝しています。私は先に引退しますが、野間選手にはぜひ藤本選手などの若手とともに、力強くトレラン界を牽引していってもらいたいと願っています。あとを託します』どうやら引退会見のスピーチの草稿のように思えます」

「引退会見？」

野間の声が裏返った。野間だけではない、藤本や玲奈など、その場にいたトレイルランニング関係者の間にどよめきが走った。

「田村さんはご存じだったのでしょうか？」

右京に訊かれ、ＪＥＣの運営チーフは軽くうなずいた。咳払いをひとつして、打ち明ける。

「はい。これまで体を酷使しすぎて、大坪はもうぼろぼろでした。膝が痛むので病院に行ったところ、関節が変形していると言われたそうです。このまま続けたら、まともに歩けなくなる可能性もある、とも。実は知床で走りたいというのは、大坪の念願だったのです。日本離れした広大な景色の中でのトレイルランニングを自分の走りおさめのレースにしたい、と言っていました。私がかなり無理を押してここでレースを開いたのもそのためです。大坪の引退の花道を飾ってやりたくて」

「それでわかりました。引退会見のときに、同時に笠井さんにプロポーズをなさるつもりだったのですね？」

右京の問いかけに、田村がかぶりを振る。

「そちらについては私も知らされていませんでした。本当のサプライズのつもりだったのでしょう。ただ……」

「ただ？」

言い淀む田村を右京が促す。

「これはふたりの秘密だったのですが、いずれ明らかになるのでしゃべってしまいます。引退と同時に大坪はフェニックス飲料のスポンサー契約を解消するつもりでした。彼の働きかけで後継者はすでに内定しています。藤本稔選手と野間公平選手です」

衝撃的な発表を聞かされ、野間公平は動転しているようだった。才能を妬むあまり、汚い手を使ってまで勝とうとした相手が、自分の実力を認めてくれていたのだ。自分の卑小さを思い知らされた野間は、みじめな気持ちでいっぱいだった。

笠井玲奈も打ちひしがれた気分だった。野間が恋人に睡眠薬入りのドリンクを渡すのに、結果的に加担してしまったことがうしろめたくてしかたない。なによりも大坪を信じきることができなかった自らの心の狭さが嫌だった。

友人の引退を知りながらここまで口をつぐんできた田村暁生は、秘密を明かしたことが正しかったのかどうか判断できないでいた。しかし早晩、杉下右京が真実にたどりついたに違いない。どんな秘密でも嗅ぎつけてしまう右京の嗅覚に、田村は底知れぬ恐れを抱いていた。

大坪が引退するつもりだったというニュースはしばらくのあいだ、硫黄山山頂に閉じこめられたトレイルランニング関係者に恰好の話題を与えた。あちらこちらで驚きの声や興奮の叫び声があがる。

トレイルランニングに反対する立場の箕田武馬は、ひとりだけ蚊帳の外におかれたような疎外感を味わっていた。もともと群れるのが好きでない箕田は、選手やスタッフが共通の話題で団結したようになるのが許せなかった。

「睡眠薬だかなんだか知らないが、その大坪という男を殺したのは、なんとかいう脱獄犯なんだろう？　いつその殺人鬼が襲ってくるかわからないというのに、警察はなにをやってるんだ。早くヘリコプターでもよこして助けてくれ！」

箕田がわめき散らしたおかげで、ざわめきは潮が引くように静かになった。硫黄山山頂にまた緊張感が張りつめた。

7

13時35分。

大坪は自分が道を間違えた場所まで戻ってきた。知円別岳と硫黄山の途中にある分岐点だった。晴れていれば両方のピークが望め、稜線上のランナーも確認できる場所だ。しかしいまは深い霧のために眺望が利かない。

野間はすでにここを通過してしまっただろうか。藤本はどうだろう。気が急くが、こういうときこそ焦ってはいけない。

ここから硫黄山までは短い登りだが、そのあとはひたすら下るだけだ。この膝が最後までもつだろうか。自らの引退レースのゴールテープを切るまで。

水分を補給して、最後のひとふんばりに臨もう。大坪は野間からもらったドリンクを取り出そうとしたが、次の瞬間、視界がぐるぐる回転しだした。平衡感覚がおかしくなり、立っているのが苦しい。いままでに経験したことのない眩暈《めまい》が大坪を襲う。ペットボトルが手から離れて転がっていく。

少しだけしゃがんで休もう。そう思ったとたん足がよろけ、大坪は頭から転倒した。額を石で強く打つ。目にどろりと粘度の高い液体が流れこんでくる。痛みはあまり感じないが、額から出血したようだ。

まずい。

大坪は懸命に立ち上がり、よろめきながら数歩進んだ。そして、そこで再び転倒してしまった。

＊

その三時間後――。

南風がおさまり、霧は少し晴れはじめていた。しかしまだ到底視界が利くとはいえなかった。

「この天候ではヘリコプターは無理です。風向きが変わるのを待ちましょう」

毅然と言い放って自然保護活動家をおとなしくさせた右京は、ゆっくり鹿島美恵子の前へ移動した。

「あなたも申し開きすべきことがあるのではないですか？」

美恵子が目を丸くした。しかしピンク色のシャツの肩を抱いてぶるぶる震えるばかりで、口からことばは出てこなかった。たまりかねた富田が右京に問いかける。

「今度はいったいなんですか？」

「野間さんは今日、謎の人物からトレッキングポールで襲われましたね？」

突然話を振られた野間はややうろたえ気味に、「ええ、脱獄犯に……」

「それは脱獄犯ではなく、鹿島さん、あなただったのではないですか？」

「なにを言っているの。脱獄犯に決まっているじゃない」

美恵子の反論も、右京にはまるで通じない。

「いえ、あなたです」

「証拠はあるの？」

「証拠ですか。わかりました」右京が美恵子の挑戦を受けて立つ。「あなたのトレッキングポールが曲がっているのはなぜでしょう。さきほど大坪さんの捜索に行った際、お借りしたので知っていますが、あなたのポールは先端付近がわずかに湾曲しています。野間さんの背中を殴ったときに曲がったのではありませんか？」

「ずっと前に石にぶつけて曲がったのよ」

「そうですか」右京は苦笑して、「では、これはどうでしょう。あなたはどうしてマウンテンパーカーを着ないのですか？　そのピンクのシャツだと寒そうですよ」

「わたしの自由でしょ」

「もちろんです。しかしあなたはさきほどからずっと寒いと訴えながら、震えていらっしゃる。そんなに寒いのであれば、ザックにしまったパーカーを着ればいいのではありませんか。あなたがここに到着したとき、黄色のマウンテンパーカーを着ていらっしゃったのをよく覚えています。ところがそれを途中で脱いで、ザックにしまわれたまま、震えていらっしゃる。どうしてでしょうか？　黄色のパーカーは目立ちます。あなたは野間さんに襲いかかったとき、そのパーカーを見られたと思ったのではないですか。せっかく脱獄犯に襲われたと思いこんでいる野間さんに、黄色いパーカーのことを思い出されるのが嫌で、あなたはその恰好で我慢しているのではないですか」

そこまで丹念に推理を重ねられると、美恵子に反論する余地はなかった。そそくさとザックを開け、黄色いマウンテンパーカーを取りだすと、臆面もなくシャツの上から羽織ったのだった。

「刑事さんの言うとおり。せっかくだから脱獄犯に罪を被ってもらおうと思ったのに、残念だったわ」

「そうか！」富田が声をあげた。「木浪が奪ったのは青いマウンテンパーカーです。野間さんから黄色いパーカーの人物に襲われたと証言されれば、木浪のせいにはできませんからね」

「えっ、待って。じゃあ、俺に襲いかかってきたのは、脱獄犯ではなく、この人だったの？　どうして？」

混乱する野間に、右京が説明する。

「田村さんから、昨日羅臼岳のあたりで登山客とトレイルランナーの間で悶着があったと聞いています。それは鹿島さん、あなたと野間さんだったのですね？」

美恵子は相変わらず黙ったままだったが、野間がその事実を認めた。

「昨日の練習中、思うように走れなくて気が立っていて、女性登山者についい怒鳴ってしまったのは事実です」

すると美恵子が野間の顔を見据え、「たらたら歩くんじゃない、って言ったわよね」と言った。

「言ったかもしれない。あなたでしたか。すみません、謝ります」

野間が頭を下げる。美恵子はばつが悪そうな顔になった。右京の用件はそれだけではすまなかった。

「登山客に暴言を吐くランナーはもちろん問題ですが、だからといってトレッキングポールで襲いかかる行為が正当化されるわけではありませんよ」

右京のことばに野間が反応する。

「もういいですよ」と野間。「最初に怒鳴ったのは俺だし、これでちゃらにしませんか」

野間が和解を申し出て、美恵子もほっとしたようだった。

「わたしこそごめんなさい。おばさんの乱心を多めに見てちょうだいね」

ふたりが許し合うのを尻目に、右京が富田にとんでもないことを要求した。

「ときに富田さん、よかったらこのザックの表面を指でなぞり、舐めてみてもらえませんか？」

差しだされたのは右京が回収に成功した大坪のザックだった。富田は正気を探るような視線を向けたが、右京の瞳には揺るぎない自信が宿っていた。

富田は言われたとおりに大坪のザックに右手の人差し指を当て、輪を描くようになぞってから、舌先に当てた。するとどういうわけか、舌の先がぴりぴりと痺れたではないか。

「ぴりっとします。なんですか、これ？」

事情が解《げ》せないようすの富田に、右京が種明かしをする。

「熊撃退スプレーですよ。トウガラシの辛み成分であるカプサイシンの濃縮エキスを噴射するヒグマ除けのスプレー」

「トウガラシの成分だからぴりっとするわけですね。これを噴射されちゃ、ヒグマもたまったもんじゃないでしょうね」

富田が納得すると同時に、田村が手を打った。

「もしかしてあのときも……そうか、熊撃退スプレーのせいだったのですね」

「なんの話をしているのですか。わかるように話してもらえませんか？」

富田のリクエストに応えて、田村が説明する。

「杉下さんが大坪のザックを回収したとき、なんだか鼻がむずむずしてくしゃみが出たんですよ。このザックに付着していたスプレーの成分のせいだったのですね」

「ええ」右京がうなずく。「カプサイシンは刺激が強いので、少量でも鼻の粘膜に付くとくしゃみがでますし、舌に付くとぴりっと感じます。そして、目の粘膜に付くと充血して涙が出てきます。鹿島さんもよくご存じではないですか？」

美恵子が目頭に指を当てた。

「あれはやっぱりスプレーのせいだったのね」

「ここに到着されてからしばらくの間、あなたが赤く充血した目をしきりに気にされていたのを覚えています。あれは熊撃退スプレーの成分が誤って目に入ってしまったからですね？」

「よくわかったわね。いまはもうそれほどでもないけれど、あのときは目がとてもしばしばして」

「どうしてスプレーを噴射したのでしょうか？」

「ヒグマの気配がしたからに決まっているじゃない。霧の中でヒグマの声が聞こえたのよ。それで無我夢中でスプレーを噴射したんだけど、うまく撃退できたのかどうかわからなくって」

「いつどこでスプレーを噴射したか、覚えていらっしゃいますか。前後のいきさつを詳しく教えてください」

「すべてが霧の中のできごとなので、ちゃんと覚えていないんだけど」と前置きをして、美恵子が振り返る。

「野間さんとの一件があったあと、道に迷ってしまったのよ。硫黄山への道は登り坂になるはずなのにどんどん下っているじゃない。どこかで道を間違えたって気づいたの。それから慌てて引き返したわけ。どれくらい引き返したかしら、霧で前が見えないから、足元ばかり見ていたわ。そうしたら血がべっとり付いた石に気がついたの。それを目にした瞬間、とても怖くなったわ。もしかして、さっきトレッキングポールで殴ったときに、野間さん――そのときには名前なんか知らなかったけど――が転倒してどこか大きなけがをしたんじゃないかと不安になったのよ。周りを捜したけど野間さんの姿はなかった。そのとき最悪の想像が脳裏に浮かんだの。転倒した野間さんがそのまま谷底へ落ちてしまったんじゃないかって……」

回想を中断し、美恵子が天を仰いで深く息をする。右京が話を継いだ。

「最悪の事態を恐れたあなたは、その石を谷底へ落としたのではありませんか。おそらくは場所を変えて落とすことで、証拠隠滅を図った」

右京に見透かされ、美恵子は従順に反省した。

「すみませんでした。でも、野間さんがけがをしていないことがわかって、いまはほっとしています」

「話を続けてもらえますか」

「あら、ごめんなさい。そうやって石を落としていたら、背後で獣の声が聞こえたのよ。最近知床連山にはヒグマがよく出没しているって事前に聞いていたから、山登りの前に熊撃退スプレーをレンタルしていたの。助かったわ。でも、いざというときは、パニックになってだめね。レンタルするとき、係の人からクマが四、五メートルの距離まで近づいたら、その鼻面めがけてスプレーを噴射するように教えてもらったんだけど、とてもじゃないけどそこまで待っていられないわ。声がしたほうに向かって、ただやみくもに噴射したわ。それでも声はしなくなったから、クマには効いたんじゃないかしら。ともかく逃げなきゃという思いで、登り道を懸命に登ったわ。そしてようやく、硫黄山の山頂にたどり着いた」

「よくわかりました。みなさんにお尋ねします。鹿島さんのほかに、ヒグマに遭遇した方はいらっしゃいますか？」

誰からも答えがない。

「やっぱりスプレーが効いて、退散したのね。誰にも被害がなくてよかったわ」

安堵する美恵子に、右京が意外な指摘をする。

「誰もヒグマと遭遇していないのは、ヒグマが現れなかったからではないでしょうか。あなたの背後に現れたヒグマはあなたの心が生みだした幻だったのではないでしょうかねえ」

「幻じゃないわよ。だって、実際に声を聞いたもの」

「どんな声でしょう？」

「そんなこと言われても……低く唸るような獣の声としか……」

美恵子が戸惑い気味に主張する。

「たぶんそれは大坪さんの声だったのでしょう」

「えっ？」

「ヒグマの影に怯えたあなたは大坪さんに向かって熊撃退スプレーを誤射してしまったのですよ」

「う、嘘でしょ！」

女性登山者は口をぽかんと開けたまま、顔色を失った。

「大坪さんのザックにスプレーの成分が付着している以上、彼はあなたが撃ったスプレーを浴びたはずです」

「そんな……」

絶句する美恵子の近くで話を聞いていた富田が勢いこむ。

「それじゃあ、大坪さんが死んだのは、鹿島さんが放ったスプレーを浴びたためということですね」

しかし右京はかぶりを振った。

「熊撃退スプレーの射程は十メートルと言われていますが、本当に撃退するには鹿島さんがおっしゃったように至近距離までクマをおびき寄せる必要があります。しかも本来は風上から撃つべきです。今回の場合、鹿島さん自身がスプレーを浴びていますから、風下から撃ってしまったのでしょう。13時50分頃、南からの風が吹いており、視界は五メートルくらいでした。つまり、鹿島さんは五メートル以上離れた北側から風上にいた大坪さんを誤射してしまったことになります。トウガラシエキスのスプレーを突然吹きつけられた大坪さんはもちろん驚いたでしょうが、これだけで斜面を転落したとは思えません」

「わかりません」富田が困惑の表情になる。「いったい大坪さんの身になにが起こったのですか？」

「おそらく真実はこういうことだったのでしょう」

そう前置きして、右京が説明した。

「次第に霧が濃くなってくる中、知円別岳を過ぎて第一火口のキャンプ地への分岐点が近づいてきたところで、先頭を走っていた大坪さんは、縦走中の鹿島さんを追い抜きました。大坪さんはそのまま分岐点に一番乗りしますが、箕田さんが道しるべの矢印をずらしていたため、硫黄山ではなくキャンプ地のほうへ迷いこんでしまいます。途中で道が違うことに気がついた大坪さんは慌てて引き返し、分岐点まで戻ります。大坪さんはここで疲労と仕込まれてあった睡眠薬の影響によって転倒します。そして、道端にあった鋭い石に額をぶつけ、出血してしまう。額の傷からは想像以上の出血がありますからねえ。大坪さんは一度は立ち上がるものの、再び転倒して分岐点の南にある大きな岩の陰に隠れるようにして、意識を失ってしまいます」

臨場感たっぷりに右京が語る。一同は息を呑んで、続きを待った。

「その直後、分岐点に鹿島さんと二位のランナー野間さんが到着します。霧はすでにかなり濃くなっており、ふたりとも岩の陰の大坪さんには気づきませんでした。野間さんの姿を見たとたん昨日の羅臼岳での苦いできごとを思い出した鹿島さんは、トレッキングポールで殴りつけて野間さんを転倒させました。鹿島さんはそのまま逃げようと思ったのでしょうが、ここで運命のいたずらが起こります。鹿島さんもまた道しるべに惑わされて、第一火口のキャンプ地のほうへ迷いこんでしまったのですよ」

ここで右京が息を継いだ。自分が話題になっているのが恥ずかしいのか、美恵子は下を向いて固まっていた。

「道しるべに細工をした箕田さんは硫黄山へ登りかけていましたが、霧があまりに深くなってきたために心配になって分岐点まで戻ってきます。ちょうど野間さんが起き上がるところでした。野間さんに正しい道を教えた箕田さんは、道しるべを元に戻したとき、ペットボトルが落ちているのに気づいて拾い上げます。そして再び硫黄山への登山道へ戻ります。しばらくして第三位の藤本さんが分岐点にやってきます。藤本さんは迷うことなく硫黄山へ向かい、途中で箕田さんを追い越します」

「ぼくも大坪さんが倒れていたのには気づきませんでした。大きな岩は霧を通してぼんやり見えていましたが、あのとき岩陰にいらっしゃったんですね」

藤本が数時間前の記憶を呼び起こして、悔しそうに語った。

「そういうことになりますねえ。そのとき鹿島さんは完全に道に迷い、自身がどこにいるのかわからない状態でした。それでもなんとか分岐点まで戻ってきた鹿島さんは、血の付着した石を見つけて、さっきの攻撃で野間さんをけがさせてしまったと勘違いしてしまいます。動転したまま、証拠を隠すために分岐点の北側まで石を動かして斜面の下に投げ捨てたのですよ」

「ちょっと待ってください」立て板に水の勢いの右京の説明を富田が止めた。「杉下警部はどうして鹿島さんが証拠隠滅をしたとわかったのですか？」

「大坪さんの遺体を見つけて帰ってきたとき、ぼくは大坪さんが頭部から出血していたと報告しました」

「はい、覚えています」

「あのとき鹿島さんは、『頭を石で殴られてたくさん血が出たんでしょうね。かわいそうに』とおっしゃいました。それで疑問に思ったのですよ。通常、頭部からの出血の場合、それほど血は流れません。それなのに、鹿島さんはまるでその血を見たかのような反応を示されました。だとしたら、大坪さんの遺体を見たか、あるいは大坪さんがけがをした石を見たかのどちらかに決まっています。ヒグマが来たと信じこんでいる鹿島さんが、大坪さんの遺体を見ていたとは思えません。そこから推理すれば、鹿島さんが血の付いた石を見て、それをどこかに隠したことは容易に推理できます」

「なるほどねえ」

富田にはいまの右京の推理が容易なものだとは到底思えなかったが、あえて反対しなかった。

右京が卓越した推理を続ける。

「鹿島さんが石を投げ捨てたとき、大坪さんが意識を取り戻してうめき声をあげました。風心にやましいところのある鹿島さんにはその声がヒグマの声に聞こえたのでしょう。風向きも距離も考えずに、やみくもに熊撃退スプレーを噴射してしまったわけですよ。なんとか立ち上がったところにスプレーの一部を浴びた大坪さんはとどめを刺されて、崖の下に転落してしまいました。これが今回の事件の一部始終です」

長広舌《ちょうこうぜつ》をふるった右京が、話を終えて周囲を見渡した。驚きを隠せない顔、混乱して状況がよくわかっていない顔、責任を感じて蒼白になっている顔……硫黄山山頂に閉じこめられた人々の表情にはさまざまな思いが浮かんでいた。

富田は混乱した者のひとりだった。

「木浪は？　木浪はどうなったのですか？」

「木浪がどこに身を潜めているのかはぼくもわかりません。少なくとも大坪さんの死には直接関係がなかったのだと思いますよ」

「そうなんですか……結局、大坪さんは事故死ということでしょうか？」

「事故死といえばそうかもしれませんねえ。ただし、誰にも責任がないかというと、そうでもないような気がします。もし、笠井さんがいじわるなどせずにスペシャルドリンクを作っていれば、大坪さんは野間さんからドリンクを受け取ることはなかったでしょう。野間さんも大坪さんにハンディを与えようなどと考えずに正々堂々戦っていれば、こんな結果にはならなかったはずです。そして、箕田さんが道しるべに細工などしなければ、大坪さんは無事にここまでたどり着いていた気がします。そして鹿島さんが熊撃退スプレーを誤射しなければ、大坪さんが崖下に転落することはなかったでしょう。誤射してしまったのは、鹿島さんの心の中に野間さんを傷つけたかもしれないという恐れがあったためです。鹿島さんが野間さんに仕返しをしようなどと思わなければ、こんな事態は招かなかったのではないでしょうかねえ」

風向きが急に変わり、またたくまに霧が晴れていく。おかげでひとりひとりの顔がはっきりとうかがえるようになった。

笠井玲奈、野間公平、箕田武馬、鹿島美恵子——右京に名前をあげられた四人がお互い顔を見合わせた。どの顔にも後悔の念が拭いがたいほど強く浮かんでいた。

8

13時54分。

一時的に気を失っていた大坪は物音で目覚めた。霞んだ目をこすってよく見てみると、霧の中、黄色いマウンテンパーカーを着た登山客が、なにか重量のある物を谷底に落としたようだった。

「なにをなさっているのですか？」

大坪は立ち上がりながら、そう話しかけたつもりだった。ところが意識が朦朧としており、ただうめいているような声が出てしまった。

登山客がこちらを振り返った。恐怖が顔に貼りついている。

「怪しい者ではありません」

そう言おうとしても、やはりまともに声が出ない。

いつのまにか登山客は熊撃退スプレーを手にしていた。

やばい！

スプレーが発射され、飛沫が大坪の目に降りかかってきた。焼けるような激痛に襲われ、大坪は数歩あとじさりした。

右足が宙を踏み抜いた次の瞬間、全身に重力加速度がかかった。

＊

その三時間後――。

だしぬけに足元から低いうめき声が聞こえてきた。

「ヒグマだ！　誰か熊除けスプレーを！」

藤本が機敏に反応し、スプレーを富田に渡す。スプレーのトリガーに指をかけた富田はそろそろと広場の端まで移動して、うめき声のするほうをおそるおそる覗きこんだ。

「あれっ？」

「……助けてくれ」

弱々しい声が聞こえてきた。右京も広場下の斜面を覗きこむ。そこには青いマウンテンパーカーを着た男が、必死で急斜面にしがみついていた。

「おやおや、あなたは木浪康宏さんですね？」

「そうだ。もう限界だ。助けてくれ」

「いつからそこに隠れていたのですか？」

「おまえたちがここへ来たとき、とっさに隠れようとしたら、足を滑らせてこのざまだ」

「逃げるに逃げられなくなって隠れているうちに、精も根も尽き果てたわけですか。富田さん、ようやく見つけました」

右京がにっこり微笑むのを受け、富田が長い手を斜面に伸ばした。脱獄犯が無事に救出されるのを眺めながら、右京は今回の不思議な事件について思いを巡らせていた。

大坪の死は、四つの小さな悪意の連鎖によって起こった事故だったといえよう。誰ひとりとして本気で大坪を殺そうと考えた者はいなかった。ところが、四人の小さな悪意が化学反応を起こして、ひとりの尊い命を奪ってしまったのだ。

運命の神さまはときとして非情になる――そんなことを考えていた右京の耳に、救援隊のヘリコプターの近づく音が聞こえてきた。

この作品はフィクションであり、実在する
人物、団体等とは一切関係ありません。

杉下右京《すぎしたうきよう》の多忙《たぼう》な休日《きゆうじつ》

朝日文庫

2018年2月28日　第1刷発行

著　者　碇《いかり》　卯人《うひと》

発行者　友澤和子

発行所　朝日新聞出版
〒104-8011　東京都中央区築地5-3-2
電話　03-5541-8832（編集）
03-5540-7793（販売）

印刷製本　大日本印刷株式会社

定価はカバーに表示してあります

ISBN978-4-02-264878-5

落丁・乱丁の場合は弊社業務部（電話03-5540-7800）へご連絡ください。
送料弊社負担にてお取り替えいたします。

朝日文庫

相棒season11（上）

脚本・輿水　泰弘ほか／ノベライズ・碇　卯人

香港の日本総領事公邸での拳銃暴発事故を巡り、杉下右京と甲斐享が、新コンビとして活躍する「聖域」など六編を収録。《解説・津村記久子》

相棒season11（中）

脚本・輿水　泰弘ほか／ノベライズ・碇　卯人

何者かに暴行を受け、記憶を失った甲斐享が口にする断片的な言葉から、杉下右京が事件の真相に迫る「森の中」など六編。《解説・畠中　恵》

相棒season11（下）

脚本・輿水　泰弘ほか／ノベライズ・碇　卯人

警視庁警視の死亡事故が、公安や警察庁、さらには元・相棒の神戸尊をも巻き込む大事件に発展していく「酒壺の蛇」など六編。《解説・三上　延》

相棒season12（上）

脚本・輿水　泰弘ほか／ノベライズ・碇　卯人

陰謀論者が語る十年前の邦人社長誘拐殺人事件が、警察組織全体を揺るがす大事件に発展する「ビリーバー」など七編を収録。《解説・辻村深月》

相棒season12（中）

脚本・輿水　泰弘ほか／ノベライズ・碇　卯人

交番爆破事件の現場に遭遇した甲斐享が残すヒントをもとに、杉下右京が名推理を展開する「ボマー」など六編を収録。《解説・夏目房之介》

相棒season12（下）

脚本・輿水　泰弘ほか／ノベライズ・碇　卯人

〝証人保護プログラム〟で守られた闇社会の大物の三男を捜し出すよう特命係が命じられる「プロテクト」など六編を収録。《解説・大倉崇裕》